◎ 邱国华 著

人生歷事録

——观海听涛弄潮

文匯出版社

图书在版编目（CIP）数据

人生历事录 / 邱国华著 . -- 上海：文汇出版社，2019.8
ISBN 978-7-5496-2964-0

Ⅰ . ①人… Ⅱ . ①邱… Ⅲ . ①纪实文学—中国—当代
Ⅳ . ① I25

中国版本图书馆 CIP 数据核字（2019）第 173476 号

人生历事录

作　　者 / 邱国华
责任编辑 / 乐渭琦
装帧设计 / 上海侨申广告有限公司

出 版 人 / 周伯军

出版发行 / **文匯**出版社
　　　　　上海市威海路 755 号
　　　　　（邮政编码 200041）
经　　销 / 全国新华书店
印刷装订 / 上海光扬印务有限公司
版　　次 / 2019 年 8 月第 1 版
印　　次 / 2019 年 8 月第 1 次印刷
开　　本 / 787×1092　1/16
字　　数 / 100 千
印　　张 / 12.25

书　　号 / ISBN 978-7-5496-2964-0
定　　价 / 98.00 元

序言

承蒙国华先生抬爱，邀吾为其最新杀青的《人生历事录》审稿并作序。老朋友相托，余欣然应允。

收到文稿之时，感觉形式新颖，富有特色，足以吸人眼球，可谓诗书画熔铸一书。自作小诗，泥土芳香；书家墨宝，笔法精到；画家速写，生动诠释；诗文说明，简述历史；图照附录，展现背景。可以欣赏诗画，可资临摹书法，能够了解过往年代之特征，真乃一举多得。

邱兄国华，精彩人生，甲子历事，八章选录，细细品读，颇有情趣。其中蕴含时代之变迁、农村之发展、奋斗之历程，可以说，这是一部个人成长史，也是社会发展史。

一鼓作气，阅毕书稿，先生风采，跃然纸上。文辞微瑕，尽力润之；史实偏差，竭力正之。诗非严格，然足达意；他山之石，可赏可藏。

随即提笔，留下以上文字，以为序。

吴轩于己亥孟夏

自序

人生甲子春秋，生日宴后，夜不能寐，回首往事，感慨万千。历经平平淡淡、坎坎坷坷、红红火火、凄凄楚楚、轰轰烈烈、冷冷清清，恩恩爱爱的这一花一世界，一人一故事。故着手抒写人生历事小诗，一起见证这波澜壮阔的年代和祖国日新月异的变化发展。

诗歌创作源于生活而又高于生活，从古代的《诗经》，至东汉蔡文姬的五言《悲愤诗》、唐代白居易的《长恨歌》《孔雀东南飞》等叙说连绵战火、民不聊生的佳句，无不显示诗歌的这一特性。

为传承和发扬中华书法艺术，我把创作的 60 余首人生历事小诗，请著名书法家申福华先生书写，配以速写画家姚懋初先生的速写画，辅以当时一些珍贵老照片，让诗的意境与书法美术艺术相结合，使读者可读、可摹、可临，使《人生历事录》更具生命力。

"诗歌不谙声与调，只要百姓记得牢"，愿我创作的这 60 余首叙事小诗，雅俗共赏，通俗易懂，得到读者喜爱。

把《人生历事录》作为自己人生篇章中难忘的回忆，在这个丰富多彩的广袤世界里，愿"历事录"似"苔花如米小，也学牡丹开"，乃与人们共享共勉吧。

2019 年 5 月

献给读者的诗

这里，有您的关心支持；

这里，有您的工作故事；

这里，有您的深情厚谊；

这里，有您的靓丽身影；

这里，有您的生活足迹；

这里，有您的生命火花。

人生格言

政治要立场坚定，思想要与时俱进。

事业要认真负责，工作要开拓创新。

生活要磊落正派，学习要贯穿终身。

杨晓渡、任文燕等市领导与上海市工商业联合会（商会）第十二届执行一

2003-2005年上海统一战线（工作）先进集体代表和先进

苏浙皖沪行政审批服务中心第四次主任联席会议留念　2003.3 上海嘉定

"长三角"县（市）区工商联联谊会宜兴会议
2004.11.3

中国人民政治协商会议上海市南汇区第三届委员会第一次会议留影
2007年2月

目录

第一章

梦境时光 诗样年华

——在童年、少年时期

嚴	慈	四	出
父	母	孩	生
建	耕	負	農
築	織	擔	民
匠	忙	大	家

◇ 出生农民家，四孩负担大。慈母耕织忙，严父建筑匠。

新中国成立之初，农村是交通闭塞、经济贫困、教育文化落后的地方。农民是以种养业为主，在计划经济体制下的贫困辛苦的社会群体。

农民家庭有四个孩子的，要承担吃、穿、住、学、医、成家立业，负担很大。母亲白天参加生产队集体劳动，晚上纺纱织布料理家务。父亲是建筑工人，长期风风雨雨在外工作很辛苦。

六	物	瓦	茅
七	質	房	屋
十	甚	一	做
年	乏	間	豬
代	匱	半	舍

◇ 六七十年代，物质甚乏匮。瓦房一间半，茅屋做猪舍。

在 20 世纪六七十年代，特别是三年经济困难时期，家徒四壁，仅有破旧简陋的家具和必备的农具。

祖上留下陈旧的老瓦房一间，孩子逐年长大，房屋更显拥挤，客堂与伯父家各用半间，砌灶头做厨房间存放农具。茅房（草屋）里养猪，增加一点副业收入，还堆放柴草、杂物。

浦	江	水	冬
东	中	清	天
横	白	鱼	乌
沔	飘	虾	蟹
港	航	见	壮

◇ 浦东横沔港，江中白帆航。水清鱼虾见，冬天乌蟹壮。

浦东横沔港是一条南北流向的交通河道，童年时，经常见到扯起白帆的运输船通行。清晨，水桥边担水淘米时，清澈的河里能见到鱼虾。横沔港盛产鲜美可口的乌壮蟹。

東	谷	稚	直
昇	場	童	讵
月	稻	捉	柴
兒	高	迷	裡
圓	堆	藏	鑽

◇ 东升月儿圆，谷场稻高堆。稚童捉迷藏，直往柴里钻。

　　当时农村的儿童没有娱乐设施和场所。在皓月当空的晚上，天真烂漫的孩子们常到生产队仓库场，他们玩耍、捉迷藏，都爱往高高垛起的稻柴堆里钻，彼时的童真童趣难以忘怀。

先 讀 品 小
生 書 學 學
徐 秀 亦 任
文 雅 優 班
章 廟 良 長

◇ 小学任班长，品学亦优良。读书秀雅庙，先生徐文章。

在读小学低年级时，学校设在古老的秀雅庙内，老师是徐文章夫妇，学校环境差，但我们学习都很认真。我还是班长，还有一个姓张的女同学是副班长，每到中心校领导来检查，就要抽我们去当面测试。曾记得学校组织我们步行到镇上观看沪剧《智取威虎山》，知道侦察英雄杨子荣。

暑	同	奋	险
期	伴	勇	些
学	沉	去	两
游	江	相	命
泳	中	救	送

◇ 暑期学游泳，同伴沉江中。奋勇去相救，险些两命送。

暑假里，带本村的同学学游泳，没有救生圈、救生衣，就凭几块小板做救生工具。一同学准备游到对岸时木板翻个儿，同学沉下去，我奋力游到他身边，被水下同学抱住。我拖着他拼命往岸边游，待脚下踩到泥土后终于营救成功。

◇ 童年爱小说，启蒙读《祝福》。年少最崇拜，苏联保尔叔。

童年喜爱看图书，在同学家中借读鲁迅的《祝福》，为祥林嫂的命运所担忧。当时还不理解妇女经受着神权、夫权、族权三座大山的压迫，还承受着经济剥削和政治压迫，《祝福》在我的脑海中留下了深刻的影响。

《钢铁是怎样炼成的》是苏联作家奥斯特洛夫斯基的名著。青少年时期把保尔叔叔作为自己最崇拜的英雄，他的名言至今仍能背诵。

这里的人照例相信鬼，然而她，却凝惑了——或者不如说希望：希望其有，又希望其无。人何必增添末路的人的苦恼，为她起见，不如说有罢。

——鲁迅《祝福》

人最宝贵的是生命，生命属于人只有一次。一个人的一生应该是这样度过的：当他回首往事时，他不会因为虚度年华而悔恨，也不会因为碌碌无为而羞耻；这样，在临死的时候，他就能够说："我的整个生命和全部精力，都已经献给世界上最壮丽的事业——为人类的解放而斗争。"

——奥斯特洛夫斯基

摔	何	讀	文
跤	謂	書	革
論	語	在	亂
英	數	沔	哄
雄	外	中	哄

◇ "文革" 乱哄哄, 读书在沔中。何谓语数外, 摔跤论英雄。

在无产阶级 "文化大革命" 这乱哄哄的年代, 小学毕业到镇上读初中, 每天来回要走七八里路。当时, 社会上 "读书无用论" 的思想影响很大, 无所谓语数外的成绩, 只以 "斗鸡" "摔跤" 输赢论英雄。

原南汇县横沔中学校址

石门、石门，门在哪里

邱国华　马正华

康桥镇东南，有个石门村。石门、石门有否其门？门在哪里？这回，笔者趁编写地方志的机会，相继走访多位耄耋长者，调查求索，倒也引出一段逸闻来。

相传在明朝崇祯年间（1628—1644），有执掌礼仪的朝廷命官（具体任职不详），姓顾，名洪叔，尊称紫德公，是本地人氏（紫德公像卷在"文革"年代遗失）。

紫德公年高退位，来浦东老家归田，建造家园，安度晚年。邀请有名望的风水先生，察看地形，选择宝地，最后在一处人称"金鸡地"的地方落点（现在石门八队鱼塘南）。当即点派四方能工巧匠，待等"黄道吉日"，紫德公祭拜天地后，就招来地方百姓数百人，大兴土木，开挖宅河，所建十埭九庭心，梁柱看枋，雕刻精致，工艺讲究。

纵观整个大院，气度非凡，庄重雅观，正面门楼配用装有铁滑轮的青石大门（后因故未予安装），以显示紫德荣华富贵，家业稳固。

正门外，用青石叠成的大水桥，用青砖砌成傍岸，两面嵌着两个玲珑剔透、青石雕制的排水龙头，龙珠突出嘴大如盆。

石龙头高45厘米、阔40厘米、长84厘米，现尚存于社员顾庭龙家。

德公宅院，虽经平整，遗址基本灭迹，但前花园至今翠竹繁茂，奇石残存，遗风犹在。

从远道运来的两扇青石大门，由于船大河浅，一时无法运进，只得暂泊在"秀雅桥"南"十"字洋口，待八月十八大潮汐，再朝里运。

据说紫德公采用青石做建筑，旨在颂扬清朝，以应付日后不测。

建造德公宅院，水陆交通不便，加上工程较大，匠工精细，时间拖长。紫德公收支不平，就对"德公田"实行增租。于是，百姓怨言四起，背后骂作"缺德田"。

德公宅院初具规模，便闻名江南。有位钦差大臣正值南巡，就暗自察访。发现德公宅院的龙头流着污水（原来这龙头连通宅院阴沟），就上奏思宗皇帝，诬害紫德公冒犯圣庭，"龙嘴吐污，定是暗喻皇上混浊不清"。皇上一道圣旨派官兵，对紫德公灭门九族（据说紫德公的哥哥闻讯后逃到川沙大圣寺做了和尚），家产全部查封并派兵护守。

天长日久，德公院财物除被贪污盗窃，大部分财物被地方官吏拆迁建造庙宇祠堂。

当时泊在"十"字洋口船上两扇青石大门，一时无人经营，正遇8月大风雨沉没在"十"字洋口里。以后去向如何，无案可查。传说后人罱泥碰到过它。

至今350多年，远近的百姓都知道"石门宅"。解放后，称"石门村"，1958年人民公社成立时，"石门村"（现在1、2、3、4、8队）和"徐楼村"（现在5、6、7、9队）两村合并，成立石门大队。

1981年底，石门大队在"德公大院"南500米外，建造约300平方米的石门楼。设有保障群众身体健康的卫生室，为民服务的代销店、幼儿园、托儿所等造福人民的福利设施；设有丰富文化生活的"农民之家"。大楼四周，冬青、水杉、香樟、垂柳环抱簇拥，两个花坛百花吐艳。

今天的"石门"，是繁荣昌盛的人间乐园，是全市闻名的"千万富翁"——康桥镇的一个组成部分。

（此文发表于1983年《横沔文艺》）

風住塵香花已盡

日晚倦梳頭物是人非事

事休欲語淚先流聞說

雙溪春尚好也擬泛輕舟

只恐雙溪舴艋舟載

不動許多愁

武陵春 春晚 宋李清照

戊戌冬於逸墨齋國華書

第二章

风华正茂 农村有为

——在横泗乡石门村工作时期

挑	带	豪	毕
擔	隊	情	業
又	築	高	回
插	海	萬	家
秧	塘	丈	鄉

◇ 毕业回家乡，豪情高万丈。带队筑海塘，挑担又插秧。

　　农村青年毕业回家乡，自力更生，艰苦奋斗，积极参加生产队集体劳动，挣工分养活自己，不怕苦不怕累，其间熟悉掌握小麦、水稻、油菜、棉花等农作物一年四季的生长规律，学会了生产队"农业秋播规划"，担任生产队代理队长。

20世纪五六十年代耕牛是个宝，生产少不了

20世纪七八十年代以手扶拖拉机为主的耕作

新华社记者 彭昭之摄

江南农村，每年要经过"三夏""三抢""三秋"三大农忙季节，即抢收、抢种、抢管

老	駁	鋪	浦
大	輪	路	江
跌	撞	裝	風
墜	農	渣	雨
江	船	鋼	狂

◇ 浦江风雨狂，铺路装渣钢。驳轮撞农船，老大跌坠江。

　　废钢渣是农村铺路、筑地下渠道的原材料。冬季，大队为节约建筑成本，安排农民们用水泥船通过黄浦江，到原上钢三厂钢渣山上无偿挖掘钢渣。

　　由于逆风顺水，风急浪高，黑暗中撞上大驳船，船上人和饭锅都弹出，船老大掉进黄浦江。

浙驳015号

立	報	誰	理
志	國	知	想
去	當	左	在
參	英	世	夢
軍	雄	道	中

◇ 立志去参军，报国当英雄。谁知左世道，理想在梦中。

　　青年时立志参军保家卫国，亲自找到武装部，领导要我一颗红心两手准备。其实，由于从未见过面的外公有成分问题（在当时"左"的思潮时代，也是很无奈的），所以参军入党也受到了严重影响，美好的理想只能在梦中。

麗	相	夜	初
影	伴	讀	戀
魂	終	聯	愛
夢	無	深	小
縈	緣	情	琴

◇ 初恋爱小琴，夜读联深情。相伴终无缘，丽影魂梦萦。

在人生中，青春期的初恋是最美好、最纯洁、最难忘的。在镇上夜校读"中文大专班"邂逅美丽、聪明、温柔的小琴，由于经济文化等种种原因无缘牵手，"人生若只如初见，何事秋风悲画扇"。失恋是人生百味中痛苦的事。数十年后，小琴的丽影仍魂牵梦绕，无限遐想。

日	朝	農	開
挑	暮	民	挖
三	派	多	大
方	任	辛	治
土	務	苦	河

◇ 开挖大治河，农民多辛苦。朝暮派任务，日挑三方土。

　　大治河工程，是上海市重大的治水工程，从1977年至1979年分三个冬季，出动了30多万名劳动者，总长40公里，总土方3900万方，分别下达到各公社、各大队、各生产队，再分到各劳动小组。特别是到了后期，开挖河底只能靠人工挑土，农民们日夜奋战，非常辛苦。当时作为大队施工员的我，亲历这一伟大而艰巨的水利工程。

战天斗地绘新图

—— 南汇县大治河工地巡礼

工地搬几层云涛，
战歌响彻大治河，
千军万马齐翻腾，
战天斗地绘新图。
——南汇县人民公社绘画大治河工地

石门大队部分生产
队队长和大队部门干部
合影

31

知	理	裴	廠
識	論	奮	長
終	聯	學	這
受	實	法	任
益	際	律	期

◇厂长这任期，发奋学法律。理论联实际，知识终受益。

　　在村领导岗位上任职，始觉"书到用时方恨少"。由于实际工作的需要，我主动申请脱产参加上海市司法局、县司法局举办的司法培训班，学习《民法》《民诉法》《刑法》《刑诉法》《经济法》《合同法》等。所学的法律知识不仅帮助自己提高工作能力和领导能力，还让自己终身得益。

1982年,作者在京参加"全国食品机械展览会"时在天坛留影

養	育	巧	廿
雞	子	手	六
家	理	做	娶
漸	家	時	阿
旺	務	裝	芳

◇ 廿六娶阿芳，巧手做时装。育子理家务，养鸡家渐旺。

美丽勤劳的妻子在镇玫瑰花时装商店工作。当时为了增加家庭收入，家里开始养鸡，后来又承包了沥青村养鸡场，她早起晚睡，虽然很辛苦，但靠奋斗创造财富，三口之家苦中有乐，幸福美满。

◇负责村支部，民主又大度。团结有力量，共走致富路。

　　在担任石门村支部书记时，我工作作风民主、同心同德、群策群力，使班子成员团结一致，一心一意谋发展。全面发展农工副，使农民亦工亦农，共走致富之路。

原南汇县横沔乡各村支部书记参加县党校学习班

原南汇县横沔乡石门村党支部班子成员

嵂 農 力 率

私 機 排 先

管 農 左 改

淂 具 思 革

好 船 潮 搞

◇ 率先改革搞，力排左思潮。农机农具船，归私管得好。

农村土地实行家庭承包责任制后，农村、农船、农具等生产资料还是生产队集体所有，农民不适应这种生产关系。村党支部决定把农具作价归农民私有，对农民新购置的农具给予经济补贴，产权私有使农民更有责任心。这次改革也受到了方方面面"左"的阻力，但实践证明当时这项改革是符合农村发展的实际情况的。

1989年11月12日 解放

教育农民富裕不忘社会主义

石门村思想政治工作结硕果

本报讯 "贫穷不是社会主义"这句在农村经济体制改革中形成的群众语言，如今在南汇县横沔乡石门村又续上了下联，那就是"富裕不忘社会主义"。

经过十年改革，石门村的农、副、工三业总产值比十年前增长了10倍多，劳均收入也从十年前的270多元增加到去年的2140多元。但是，近年来村里也冒出不顾集体利益，注重金钱和个人利益等一些不良风气。党的十三届四中全会后，石门村党支部认识到：改革是社会主义制度的自我完善，决不能因为富了而忘了社会主义道路，所以，必须重视思想政治工作，教育广大农民富裕不忘社会主义。他们结合现实，编写了《正确评价十年改革的成绩》、《北京反革命暴乱的性质和根源》、《做一个讲文明守法纪的好公民》、《党的方针政策不会变》等群众教育材料，分点分片逐一宣讲。由于这些宣讲材料所举的事例看得见、摸得着，讲的道理通俗形象，收效良好。一些群众说，如今我们开始富了，靠的是党的政策。只有不忘社会主义这条道路，我们才会进一步富起来。

在此基础上，石门村党支部以身作则，逐步引导群众树立爱国家、爱集体和助人为乐的思想。石门村的村办工业连续几年利润超百万元，完全有条件购买轿车，而且在今年6月份已办妥了买车手续。但村党支部认为，购买轿车，只能使少数人办事方便些，于是打消了买车的念头，并把这笔钱用于明年为全村群众安装自来水。具体化的思想政治工作，换来了喜人的好村风。村里有个老农，不久前迁往城镇工作的子女处，临走时他把家中的十几担余粮全部平价交售给国家。如今的石门村，主动向国家交售好粮，不计报酬加班加点，自觉维修公共设施的人多了起来。与此同时，村里的迷信和赌博等违法活动，一有苗子，就会受到家庭和单位的及时制止。对此，村党支部书记邱国华总结前一阶段工作时说得颇有意思：做思想政治工作就和种庄稼一个样，多一番耕耘，杂草难以生长，正气就会抬头。

（记者 朱桂林）

擴	垂	夏	葡
大	釣	秋	萄
養	客	聞	綠
魚	人	荷	長
塘	旺	香	廊

◇ 扩大养鱼塘，垂钓客人旺。夏秋闻荷香，葡萄绿长廊。

为增加副业收入，石门村不断扩大养鱼塘，鱼塘四周建葡萄架，形成绿色长廊，成为小小的风景点，对外招引上海市民参加鱼塘垂钓，客人络绎不绝，提高了石门村的知名度，增加了村里农民的经济收入。

20世纪80年代，横沔乡石门村养鱼场实景

建	鑱	遠	窯
造	平	田	地
通	籲	不	設
幽	墳	再	農
堂	灘	荒	莊

◇ 窑地设农庄，远田不再荒。铲平旧坟滩，建造通幽堂。

石门村窑地原在解放前的私人砖瓦厂，由于路远、土质贫瘠、地势低、耕种质量差，村里决定在窑地这个地方建立一个小农场，由农业专业户承包经营，使远地不再荒芜。

"灰人滩"是解放前的几十亩乱坟岗。村里冲破封建迷信的观念，决定铲平这块"灰人滩"，重新规划设计，建立石门公墓地，由著名书法家胡问遂题词"通幽堂"，村民亡故后集中安葬，美化了农村环境。

横沥乡石门村党支部、村民委每年总结表彰农业优秀承包户

利	企	農	創
潤	業	民	辦
百	發	配	養
萬	展	套	鷄
創	快	養	場

◇ 创办养鸡场，农民配套养。企业发展快，利润百万创。

村里响应乡党委、政府"全面发展农工副"的号召，为完成上级下达的各项指标，鼓励农民配套养猪养鸡；同时发展乡镇工业，创办五金厂、塑料厂、服装厂等六家企业，依托外贸优势，实现工业利润超百万。

石门轻工机械厂

石门塑料包装厂

石门村养鸡场

青	廣	報	電
春	播	刊	視
鑄	有	登	展
輝	聲	文	形
煌	音	章	象

◇ 电视展形象，报刊登文章。广播有声音，青春铸辉煌。

南汇县横沔乡石门村成为先进典型，上海电视台"党的生活"99期来石门村拍摄《石门何以花开》的专题片，县电视台多次做专题采访，在"七一"建党节，县委及县委宣传部号召全县党员收看石门村等三个单位的先进事迹。《解放日报》记者专程到农村体验农民生活，也给农村带来新的变化，推进了农村文化建设和精神文明建设。

上海市委宣传部副部长丁锡满，《解放日报》副总编居欣如，上海作家协会常务副主席茹志鹃，中国新闻协会理事王维，《海派文学》主编郑秀章、副主编孙树棻到石门村体验农村生活

美哉，石门人

月明星稀，石门村显得格外恬静。

我独坐灯下，握笔沉思，中华人民共和国成立40周年快到了，该写点什么来纪念过去、记录今天？写石门人从缺衣少食到丰衣足食，写石门人拆掉草房造瓦房，翻掉瓦房造楼房，写石门人点油灯，开电灯，开录音机，拥有电视机、电冰箱、电饭锅、电磁灶、吸尘器、洗衣机，写石门村一百余万工业利润十万羽肉鸡千余头肥猪八百余担鲜鱼以及成排的桃树连片的葡萄雪白的蘑菇……这一切好像都值得写又好像不是很值得写。

我该写点什么呢？写点什么来纪念过去、记录今天？

蓦地，我眼前出现了这样一个画面，一个还未成年的17岁的男孩子涕泪交加对村干部说："叔叔，我一定好好工作报答你们。"

孩子的父亲原是村办企业的职工，不幸身负沉疴，尽管村干部为他派车派人多方求药，无奈病入膏肓，难久人世，他悲伤地对亲属说："我楼房未造，俩孩子还在读书……为我看病又欠了一笔债，我死不闭目啊！"

是啊，这样的不幸叫寡妇孤儿如何承担得起呢？党支部知道这一切，村民们知道这一点，为了安抚病人，干部们及时为他家解决了建筑材料，并在病床前把党支部的决定告诉他：那几千元的医药费将由村里报销。病人强忍痛苦，宽心地笑了："这样……我去了也安心了。"

想到这些，我为石门村的干部、村民那种急人所难的美好心灵而深深感动。

可是，在十年动乱期间，石门村人人讲阶级斗争，你防我，我防你，哪有今天这样密切的干群关系！

我不会忘记那双眼睛，那双破碎眼镜下沉凹着的眼睛，她是受尽羞辱而死的。记得那天，她还在教我们唱"没有共产党就没有新中国"，可是第二天我们的老师成了"反革命"，接踵而来的是无情斗争残酷迫害……她死了，还是"反革命"，还是"踏上一只脚叫她永世不得翻身"。稚幼的我们，也只有稚幼的我们为老师送葬，为老师哭泣。

记得，也是在十年动乱时期，有一个青年因为说真话，被打成"反革命"，多少人争着上台批评，把别人的痛苦视为自己的快乐。

记得，也是在十年动乱时期，20多位缝纫师傅被自己的阶级弟兄抬去了缝纫机……那时候，喊打声咒骂声未曾间断。

悲哉，石门的农民。

那时候，我们想大人们为什么这样凶狠无情？

我曾暗暗发誓，终有一天我们石门人会相亲相爱，石门人会有高尚的情操美好的心灵。

我的愿望终于在今天变成了现实。

村里有一对60多岁的老夫妇，子女都在外地工作，却还老当益壮种着四亩责任地。春播秋收，夏暑严冬，村里的党员干部帮助种、帮助割、帮助脱粒、帮助交售。一季又一季，一年又一年，为这对老夫妇排忧解难。群众见了喜笑颜开："这些干部待你们好像亲爷亲娘。"老夫妇听了，连声说："共产党胜似我的亲爹妈。"

美哉，石门村的党员干部。

抚今追昔，石门人变得温柔多情，邻里之间、干群之间、党群之间，鱼水一般，水乳交融。他们凭智慧双手凭美心塑造着石门村美好的今天。

有一位村干部，那年因为开挖鱼塘到银行贷款，信贷员就是不贷，还说："石门很穷，有贷无还。不贷！"男儿有泪不轻弹，只因未到伤心处。我们的这位铮铮铁汉在走出银行时不禁泪如泉涌……当时，民工催着付款，催债如催命呀，他一咬牙，把准备为妹妹买嫁妆的钱，把自己仅有的1000元家当全拿出来付了工钱。倘若当初他没有这股精神，今天恐怕不会有波光粼粼的60亩鱼塘。

为了打开石门，振兴石门，村、厂干部四处奔波，风尘仆仆，多少次节日没有和亲人团聚，多少次放弃了游览祖国名胜的机会。

谁会相信，拥有"百万富翁"之称的综合厂厂长未曾腰缠万贯，未曾建造新楼房，一家老小至今还住在"一上一下"的楼房里，他穿的是不合时宜的军便服黄胶鞋，相濡以沫的妻子仍上"日夜班"。

我们的村干部对十年动乱深恶痛绝，他们是一代有文化、有涵养、有开拓精神的石门新人。

为着石门的明天，他们只求团结一致扎根在石门这块土地上拼搏追求！

美哉，石门人。

（此文曾发表于《支部生活》1989年第八期；作者时任石门村支部书记）

石门悲欢

顾亚华　范桂国

石门之来历

石门，其实没有门。

石门，是康桥镇东南角的一个村。

它从1000年前的远古时代蹒跚而来，又向充满希望的未来信步走去。

至少已有数百年的历史了，石门村的先辈把这儿唤作石门，尽管他们从未见过这儿有什么门，但那盛传已久的传说流传至今。

那是明代崇祯年间，朝廷礼仪大臣顾洪叔隐归华亭，在这觅得一块"宝地"，于是兴土木、垒琼阁，以求深居简出之幽趣，永解官宦纷争之烦恼。

孰料还未竣工，京城刮来一场人为的"龙卷风"，将顾洪叔全家抄斩。好端端一座深宅大院，顷刻间成为废墟。

原来，顾洪叔造大院时，不知是能工巧匠的别出心裁，还是他本人的"居心叵测"，将宅院阴沟的出水口，一概镌刻成龙嘴形状。其时，脏水从中流出，便活脱脱呈现出明扬暗讽真龙天子的"吐污"情景……

顾洪叔身首异处时，从远方运来准备用作院墙正门的石雕大门，还载在宅前的大船上。"龙"风扫过，大船倾覆，石门沉没在河底。从此，除了沿留下"石门"这个村名，再也找不到石雕的大门。

古时的石门，使人浮想联翩。

有人说："几个世纪了，人们在这里繁衍生息，日夜盼望有朝一日滚进金银财宝来，但总是空梦。如此财路不通，难道不是两扇石门挡着吗？"

当人们逐渐悟到几代人之所以那么贫困，也许是那一扇扇沉重无比的石门，封着他们的前程，压着他们的胸口时，他们终于高抬着嗓子眼，向四方呐喊："这里确有沉重的石门！"

石门，依然故我

伴随着呐喊，或余音缭绕，或回声四起。

难道石门村这一方绿洲，是荒土一片？

石门村现任党支部书记邱国华如此扪心自问。

此刻，这位 30 多岁的年轻书记，双掌撑颊，在国际型调光台灯的流畅灯光下，正在打开记忆的大门。

20 世纪 60 年代，支书 J 君退伍不褪色令石门人永远不会忘记，他脱下军装之后的一生曾经百分之百地献给了这方绿洲，但历史毕竟向他表示了哀悼；大干苦干拼命干，只能用现实的血肉，筑起幸福生活的"海市蜃楼"。

"安息吧，J 君！"当初还是翩翩少年的邱国华，今天想起他，只有无限的惆怅，不尽的哀思。

70 年代，M 君来到这方绿洲，"奋战三年，打开石门，立大寨志，做大寨人……"既然七沟八梁一面坡，能成梯田绿油油，那么区区一方石门，只是华佗眼里一颗痛疖，一刀下去就是。

当然，M 君最终未能打开"石门"。70 年代初的阵阵"狂风"就是今天的邱国华遇上了，也会乱了方寸。

"神的巨大威力，是在柔和的微风里，而不在狂风暴雨之中。"泰戈尔的这句话发人深思。

前卷历史的镜头，令后人发出深重叹息。

有位 H 君，是当时全乡最年轻的村支书，也是第一个沐浴七彩阳光的石门村支书。

H 君在这块绿洲上开掘伊始，几乎是"开弓没有回头箭"。

农业，他使绿色更具有使人诱惑的魄力。

副业，一气呵成的 40 亩银鳞闪闪的鱼塘，居然让鱼腥味飘进了上海城。

工业，外向型经济第一次进入他的视野。

三大经济上升的箭头，顶穿了历史统计表的上限边线；气宇轩昂的办公大楼，用无声的音乐旋律，传递着鼓舞人心的"石门序曲"……

但是，他万万没有料到，充满历史静势的古老大门，如若未能彻底推开，仍然具有反弹复位的潜在力。何况这方绿洲似乎也苛求自己的勇士"纵在河边走，也要不湿鞋"。H 君所作所为的率先破格，终于使一些旧秩序的习惯者很不习惯。"八分钱"的威力，使"出师未捷身先死，常使英雄泪满襟"。

历史，足以让 H 君反思；历史，足以令苛求者愧悔。

好在这方绿洲的大部分生灵，把留恋和怀念慷慨地留给了 H 君。这种公正的给予，足以使他含着热泪酿造新的信心，去点燃再度爆发改革之心的导火索……

啊，急匆匆的门前顾客，悠悠然的沉重石门！

石门，令他沉思

邱国华被前辈们的壮丽行动感动过，也为同龄领导人的某种遭遇不解过。不过他也从受命于危难之中的新班长刘明华同志涓涓细流般的领导方法中顿悟过。

刘明华与石门人的感情是深厚的，这一例能否佐证呢？石门村有一名混迹于旧上海的国民党警察，在刘明华的教育下，终于自食其力，重新做人。后来，当刘明华调离石门时，他特别伤感。

曾经被称作"可以教育好的子女"，但感冒也不敢打喷嚏的女性徐凡华，以她在计划生育工作中的徐徐春风，解开了数百育龄妇女的打结的心。涓涓细流，汇合成滔滔大浪，又深化成了石门三大经济上升的箭头。

刘明华主政的无数个事例，似乎向邱国华公开一个秘密："事在人为，人和为贵，和气生财。"

冥冥之中的沉思，曾经驱使邱国华"疯狂"地向知识进政，他是乡政府开设的中文系大专班的班长，是中央农业广播学校的学员，是经过法学知识培训，尔后被吸收的兼职律师。

成千上万个知识信号，在他的两半脑聚合、碰撞。于是，这颗内压很高的脑袋中一股大剂量的反应、反射和全新的输出运势，已是非一般的自然抗力所能中和与抗衡。

石门，失去静势

中国人说龙年是个好兆头；外国天文学家说1988年轮到太阳黑子大爆发，影响所及，能使飞机坠地，汽车相撞，家用电器受损，人类生存多险。

孰是孰非，在石门，没有人去多加研究。反正，石门人今年提出一句口号，"努力三年，把石门建设成横沔第一村"。

这绝不是说大话。

打从两年前，邱国华从刘明华手中接过担子，总理这方绿洲以来，人们欣喜地传颂着一件件新闻：

预计今年石门村工业产值可接近千万元；

一个规模可观的出口肉鸡饲养场已在去年兴建；

鱼塘不仅面积倍增，塘堤果园的新模式，将使你大开眼界；

1988年三麦油菜亩产再超历史；

20多个上海外贸出口专业公司把生意做到了这里。

喜欢吃蟹吗？待到篱畔菊黄，西风吹皱蟹池时。

此时，一批颇有能耐的智能型人物，如三月的牡丹，五月的石榴，似西天的长庚，东天的启明，脱颖而出，引人注目。

副村长徐杏初、工业副大队长顾海林，他俩与邱国华成稳固的三角，使农工副三大经济无一悬浮于大地。

依此，"横沔第一村"之言，已经梦想成真！

当然，这一切不是偶然的。爱人、儿子、慈母、家庭对于邱国华来说似乎被遗忘了。温柔贤惠的妻子，少了以往常有的耳鬓厮磨；坐对黄昏孤灯而黯然饮泣，却成了常有的事。

要用钱吗？为着"大团结"的贬值，为着那个"静势"，还是走家庭副业的道路，于是做营业员的妻子那双细嫩的手捞起鸡屎鸡粪，初则令她恶心，继而含泪强忍。

70多岁的老母亲，显然已经需要照顾，但是他忽视了，倒是半夜回家来，慈母温暖的双手，为他捧上缓解饥肠的夜宵。

劳累已久的老母亲病重入院后的那天，医生来了电话，要他务必迅速去医院。原来经医生诊断，确认老母亲得的是"一字症"，这还不算，医生要求马上开刀，作为长子必须签字同意。就是这瞬间，他的双手抖索起来，开刀，意味着什么？结果如何？难道……这是难以叫一个长时间失职的儿子往下想的，千哀万愁交织他的心，终于迸裂出断线珍珠般的泪晶。

面对改革，他大胆进取，对于自我，他甘于牺牲，凭借知识的翅膀，邱国华主政两年来，几乎每项政策，都在成功之列。但自古"忠孝难两全"啊！目睹慈母深凹的眼窝，儿子的心碎了。

是啊，这沉重而古老的历史大门，这绿洲一扇扇无形的"石门"，曾使多少人磨灭，多少人饮恨，归根结底是少了一股有力的动势。力和智，只有天衣无缝般地实现了最佳结合，才能克服那股停留过久的静势。

邱国华观察、沉思、廉洁奋起，成功的全过程，也许只是告诉了我们这个最简单的"物理现象"吧！

石门啊，石门，你经过几代人的努力，终于向石门人启开。

（此文曾汇集于中共南汇宣传部编审的《浪激南沙》）

开启石门的人

许秋华

认得他已有几年。认识他却在那一天。

由他陪同，我参观了康桥镇石门村。沿着石门路，越过石门桥，我们走上了石门水产养殖场的鱼塘大堤，放眼望去，十几口鱼塘，波光粼粼、鱼儿跳跃；几条塘堤，有的耸立着葡萄架，有的栽着整齐的果树，几朵野花迎风绽放；这别出心裁的塘堤果园煞是好看。我不禁细细打量年轻的村支书——邱国华。他，中等个子，举止文静，白皙的脸庞上一对炯炯有神的眼睛，一套得体的浅色西装，风度潇洒却又透出几分老成精明。

"国华，好气派的塘堤果园，你有魄力！"

他连连摇头："这是我们村长徐杏初的点子，为了这些鱼塘，杏初他流过泪呢！"

我不解而期待地望着他。

他说：

"那是在 1985 年，我们请了一批外地民工来开挖 40 亩鱼塘，具体主持这项工作的是当时的副业干部、现任村长徐杏初。他起早摸黑，认真督促外地民工按拟定的要求挖土，几十个昼夜过去后，杏初他熬瘦了身子晒黑了脸。望着一方方齐斩斩的鱼塘，村领导满意地签字验收。

"鱼塘竣工了，几十个外地民工却围着他要钱——按合同，鱼塘验收合格付清全部挖泥款。可当时，市里支持这个项目的专项款尚未划来，村里又因资金太紧一时也无钱支付。杏初他赶到银行要求贷款，然而磨破了嘴皮还是没解决，怎么办？他看看紧随身边急着要钱的外地民工，瞧瞧柜台后面一丝不苟的贷款员，辛酸之感油然而生，不觉潜然泪下。

"这天夜里，杏初感慨地把白天的事一五一十地讲给妻子听。温柔贤惠的妻子心疼丈夫，理解丈夫，她诚心诚意地当场取出家里全部积蓄，才算在第二天打发走了那批外地民工。

"你说，由徐杏初这样的村长主持石门村的农副业生产，我和 1000 多石门人实在是再放心不过了。"

离开了塘堤果园，我们又穿行于石门村的五个村办厂的车间里。

1988 年，石门村的塑料厂、综合厂、制钉厂、服装厂、福利厂，工业总产值 836 万元，利润突破百万元大关，比 1987 年的 60 万元增长 70%，增长幅度在全乡夺冠。尤其值得一提的是，20 个上海外贸出口专业公司把生意做到石门。

前一个时期，细心的读者不难发现商业部门张贴的广告：凡购本店打包带 0.6 吨者，供应平价彩电一台；凡购本店打包带 0.5 吨者，平价供应沪产名牌冰箱一台……在打包带普遍滞销的行情面前，专门生产打包带的当家厂石门塑料厂的局面却截然相反，供不应求，尽管 1988 年全年产量从 600 吨猛增到 893 吨，还是满足不了客户的需要。

我问："这里的奥秘又是什么？"

他说：

"这是当过车工、钳工、仓库保管员的老厂长顾海林的远见卓识。几年来，他努力使企业和一家家外贸出口单位结亲，积极开阔眼界，把握市场需求选准发展方向。

"顾海林厂长的能耐令人折服，要不，原先破破烂烂的小厂怎么会变得红红火火，创利突破百万元大关呢？要不，能在强手如林的同行业中一枝独秀、充满生机？"

前年年底，支委会研究 1988 年度工业生产规划时，平时寡言少语的顾海林，舒展着困倦的身子，脸露笑容地开了口："以高质量保住民用打包带的老客户；上马新流水线，生产出口机用打包带。"

他成功了，石门塑料厂生产的机用打包带先后被 20 家出口专业公司选用，他们的产品伴随着各色各样的包装箱漂洋过海。

人们信任顾海林，都夸他事业心强、公正廉洁。要不然他为啥还住在破旧的老房子里？要不然他为什么拒绝客户赠送的高级手表……

你说："由顾海林这样的厂长主持石门村的工业生产，我和 1000 多石门人实在是再放心不过了。"

我笑了："怎么又是这句话！为什么只字不谈你自己？"

他想了想，简短地说：

"万事的成功都需要'天时''地利''人和'，它们是事业成功的前提、基础、关键。'天时'者全国相同，'地利'其实处处有之，唯有'人和'每个单位不尽相同。我们石门之所以能取得一些成绩，我觉得在于有方向一致、目标明确的三驾马车：抓农副业的杏初，抓村办工业的海林厂长，我作为支书其实只起了个使'人和'这个关键点，使大家尽可能地同心合力。"

村委会办公室里，村长徐杏初默默地坐在办公桌边，时而凝视挂在墙上的一面面锦旗，时而注目压在玻璃台板下的那张纸。他说：

"邱国华上任仅仅三年，石门村便发生巨变，你看。"他把压在玻璃台板下的纸取出来递给我，原来这是一张石门村 1990 年底前要办成的 10 件事，我把它抄录在这里，凡已办成的打上"√"，办了一半的打上"×"号。

1．处理历史遗留问题，把 30 年近两万元作价款全部归还各农户；√

2．拨出专款造好南北向石门路、石门桥；×

3．适应不断发展的生产形势，调换变压器扩大容量；✓

4．利用鱼塘埂地开辟果园；✓

5．建造本村公墓堂；×

6．创办福利工厂，使老弱病残者生活有保障；✓

7．增加养老金，每月从14元增加为20元；✓

8．拨出15万元搞农业适度规模经营；×

9．建造水厂，1990年底全村人都能用上自来水；×

10．在全村所有农民新村中建好下水道。×

"好！"我冲他竖起了大拇指。

"这都是书记的主意，他目光远，招数多！"

已过不惑之年的海林厂长对我说：

"这幢气宇轩昂的厂房建造时，国华是支部副书记分管工业，外地建筑工程队的'老板'找到他家里，主动提出为他建造两幢楼房，要求他能在工程造价上放只'码头'活络活络……国华严词拒绝。你说，有这样的书记带班，人心自然齐，当然能启开石门……"

石门的总会计告诉我："1988年，石门村农副工三业总产值高达1009万元，利润总计是195.2万多元，人均收入是1544.66元，比1978年增长五倍。"

采访结束时，已是万家灯火，石门村一片辉煌。认得已有几年，认识只在那天的石门村支部书记满怀信心地告诉我：今年，他们将继续扬帆前进，把石门开得更大更大。

（此文发表于1989年《南汇文艺》）

从"用身边事教育身边人"谈对农民的思想政治教育

横沥乡石门村党支部

伟大导师列宁曾教导我们"伟大的理论，来源于伟大的实践"。这一精辟的论述，既指出了理论来源于实践，实践丰富了理论，又包含着理论必须符合实践这样一个理论与实践的关系。思想政治工作者和思想政治工作的研究也必须遵循这一原则。我们工作在农村的最基层单位，实践工作中，感触最深的一点是"用身边事教育身边人"，在农村思想政治工作中有强大的生命力。

一、农村现状需要"用身边事教育身边人"

10 年改革，无疑是一场革命。在这场伟大的社会变革中，人们的价值观念、思想观念、人生观念也经受了一场洗礼。首先，必须肯定正是狭隘利益、僵化思想的冲破，才使我们的国家和改革充满希望。但是，我们也不应忽视商品经济的发展，也诱发了一部分人的利己主义、本位主义、一切向钱看的思想，并发展成为当前社会迫切需要解决的问题。农村也一样，同样需要解决这类问题。我们认为，解决这些思想问题，需要深入细致的思想政治工作的诱导，在方法上，农村更需要用客观事实，也就是"身边事"，来澄清人们思想中的模糊观念。因为：

1. 忽视客观事实，是产生农村思想问题的主要因素

全面地、实事求是地看 10 年改革，无论是集体经济，还是人民收入；无论是集体事业，还是人民生活，都发展了、提高了、改善了。就以我们石门村来说，1989 年，农、副、工三业的总产值达到 980 多万元，比 10 年前增长 10.6 倍，工业利润近百万，也比 10 年前增加了 10 倍，农业机构总动力达 515 千瓦，比 10 年前增长 6 倍，农民人均收入达到 2140 元，比 10 年前的 270 元，净增了 1870 元；全村 334 户（不包括鳏、寡、独户）家庭。已有 95% 盖起了新楼。这些事实足以使人们对 10 年改革的成与败做出正确的评价。但就是这些确切的事实，我们有些干部群众恰恰忽视了，没有充分看到，更没有想到这是党的方针政策正确才会取得如此巨大的变化，却盯住我们改革中的某些失误，兜在改革给我带来的好处不仅是这些的个人利益的小圈子上。于是"端起饭碗吃肉，放下筷子骂娘"的现象就产生了。一个时期，村内出现了个别干部以贡献很大，待遇很差为由，置集体事业于不顾，擅离岗位，另跳"龙门"。村里一些群众也把怨气、不满撒到我们这些基层干部的头上，说我们"吃饭不做事，专管自己事"。群众中产生了一些对立情绪。如在具体工作上，组织上要他按计划种植，他说"承包自由"，组织上要求完成合同定购，他说"这

是你们干部的事"等。

凡此种种思想问题，我们认为，都没有冷静、认真地纵向比较本地区、本单位和个人的变化，看不到改革已经取得的成果及其原因，对改革只寄予种种美好的期望，却不能正视现实、正视改革的艰巨性和可能出现的暂时困难。

2．形势和改革教育中，缺少具体、生动、形象的事例，是影响教育效果的根本症结

应该承认和看到，农村干部对上级的一些宣传教育活动，党的方针、政策的宣传都是能够积极贯彻的。比如，近年来计划生育宣传、国土政策宣传、法制宣传、禁赌破除封建迷信活动等，我们都进行了广泛宣传，但效果并不理想。如前几年，我们出现了一个计划外二胎怀孕，村干部全部出动，上门做工作不下 30 次，仍然无效，反而在村采取措施时，一些群众反说村里措施太严，养个小囝有啥了不起，舆论倒向了另一边。再有，对违章建房强行拆除时，周围群众对违章者却指责甚少。还有如一勺水引起兄弟反目，以赌为荣，以犯法为做大事者的现象屡有发生。

在大道理、大政策广泛宣传以后，仍有明知故犯、知错犯错的社会问题产生。出现这一现象，我认为，不能说我们的大道理、大政策不行，而是我们的宣传教育缺乏实际内容，泛泛而谈，就没有说服力。因此要求我们将落脚点放在"用身边事"，结合大道理、大政策来教育身边人。

3．农村群众的文化结构需要有浅显易懂的思想政治工作方式

思想政治教育要注意对象的层次性。否则，我们的思想工作就可能出现"风马牛不相及"的状况。我们在对村群众的调查中，偶尔发现，我们在农村思想政治工作中，过高地估计了农村群众的文化水平。例如，我村干部中具有大专学历的一个也没有，在村工作的干部职工中，具有高中学历的才 14 人，村办企业职工中，具有高中文化水平的只有 6 人，务农的群众绝大多数是五六十岁的文盲或半文盲。特别是近几年来，高、初中毕业生几经筛选截留，能到村里来的就更少了。就这一现象，在村一级，群众的文化水平不仅提高不快，而且，比 70 年代末还有可能下降。

农村群众文化水平的这种状况，必然影响他们的理解能力、分析能力、接受能力。我们的思想政治工作也必须与这种客观状况相适应，通过一些看得到、摸得着的事实，以浅显易懂的道理和能使他们信服的事教育引导农民，使他们分清哪些是应该做的，哪些是不应该做的，哪些是高尚的，哪些是低俗的。

从以上三个方面，我们可以看出，在农村"用身边事教育身边人"，不仅在实践理论上需要，而且实际状况是，群众意愿更加需要我们这么做。

二、"用身边事教育身边人"的尝试

作为村思想政治工作的一项具体内容和初步尝试，我们村从 1988 年开始组织这项活

动，"用身边事教育身边人"。我们有正面典型，也有可以"示众"的反面事例。

1．根据形势的要求，选择典型事例。"用身边事教育身边人"，不仅把问题讲明，它还能把党和国家的方针、政策宣传具体化。通过典型事例的分析，使群众接受党的方针、政策教育。所以，选择典型，我们突出"典型"两字。通过具体的典型的解剖，是对、是错、是褒、是贬，让群众有豁然开朗的感受。如去年动乱以后，对干部队伍的评价，成为群众的热门话题。于是，村支部以村工业主任顾海林担任厂长10多年，一家三代住一所房子，其妻还在村办厂内上三班制和廉洁勤政为村谋利益的典型，村主任徐杏初毅然取出替妹妹办婚嫁的存款，解决村里开挖鱼塘的燃眉之急，无私无畏，勇于开拓的典型，向干部群众进行教育。同时，村里也把一名干部曾参与偷鱼的丑闻向群众亮相，进行批评，并给予驱出干部队伍的处理。使群众认识到绝大多数干部是好的，现实中的干部犯错误不护短，代替了传说中的官官相护，从而使一部分群众更加相信，党和政府是有决心惩治腐败的。实践中，我们感到正是这些身边事往往会更生动，更有说服力，更能教育人，作为我们思想政治工作者应注意挖掘和收集。

2．根据群众特点，选择教育的方式。"用身边事教育身边人"是根据农村特点，采取的一种思想政治工作方法，开展这项工作更要照顾群众的特点进行，具体说，就是要因时制宜、因地制宜、因人制宜，防止事与愿违的效果产生，达到预期的目的。

我们针对群众对改革心存疑虑，一些干部也有畏难情绪和村内一些不文明、不守法的现象，村组织编写了《正确评价十年改革》《做一个讲文明、守法纪的好村民》和《党的政策不会变》等宣传材料引导群众从家庭变化，看石门变化；从石门变化，看10年改革；从小家庭的安定，谈到国家的安定；又从村内一些不文明、不守法现象和后果，讲守法、文明的重要性；再以村面临的形势、现状、建设的要求，联系国家面临的形势和建设发展的要求，讲明必须坚持一个中心、两个基本点。

四讲材料编写好以后，我们选择在八九月农闲之间，在方式上，对九个生产队逐队进行宣传教育，白天农民干活，我们就利用傍晚6—8时召集群众进行宣传，村办厂选择在厂休日召开职工大会，副业系统也专门召开会议进行宣讲，一共召开了11次宣讲会，做到一角不漏，宣传到"家"。群众也基本满意。

3．根据工作要求，把握教育的时间。"用身边事教育身边人"也要像花钱一样，把钱花在刀刃上，以收到事半功倍的效果。比如：为了增强群众主人翁意识的教育和爱石门、爱本职的教育，增强群众的集体观念，激发群众的建设热情，去年6月，我们组织群众党员代表，对村干部的工作从四个方面进行投票评议，这项活动不仅使群众代表从对干部的了解评估和干部以身作则的模范典型中受到教育，增强了对干部的信任感，村工作的凝聚力，而且，又意外地收到了推动促进干部工作的动力。

近年来，我们每年在年初召开的全村生产工作动员大会上，对村里涌现的"三好典型"（热爱单位、热爱本职、工作好；不赌博，不搞迷信，遵纪守法好；和睦相处，孝敬长辈，团结好）逐一向全村群众进行宣传，为干部群众在新的一年树立学习的榜样。今年，我们又特别以水产养殖场场长顾雪荣爱场如家、忘我工作，在大年初一还在鱼塘修理网具的生动事例，教育干部群众，号召村民们像他那样爱村如家。

"用身边事教育身边人"，对我们领导干部也提出了更高的要求，每一个干部的自身形象好坏都成为教育效果好差的重要因素，因为身教重于言教。因此，我们村在工作中也不断加强干部的自我约束和教育，并逐步健全了工作制度。如年终工作报告制度、党员走访制度等，将村一年经济收支情况向群众报告，自觉接受村民的监督，密切联系群众。

三、效果与需要完善的方面

"用身边事教育身边人"的作用无疑是积极的，它以朴实无华的形式，通过耳闻目睹发生在自己身边的事例的剖析教育引导了广大群众，群众既信服，也乐于接受，具有明显的宣传鼓动作用。尤其是当前农村群众文化水平还不太高的情况下，以这种方式来加强农村的思想政治工作，显然是有生命力的，也是可行的。

需要完善的方面，一是谈身边事与谈国家大事的结合要自然；二是要有时代气息，切忌为我所用；三是要贯穿整个工作之中，不能只抓一阵子。特别是不要就事论事，要从小事悟出大道理，使广大农民以小见大，由此及彼。

"用身边事教育身边人"是老传统新提法，作为一名农村基层干部，我们只是做了初步的尝试和分析，今后愿与大家一起在实践工作中进一步摸索和完善。

（本文为南汇县思想政治工作研究会第三届年会交流材料）

鱼跃石门

许云倩

"你从哪里来，我的朋友？好像一只蝴蝶，飞进我的窗口……"哼着这首熟悉的《思念》，一群作家暂且搁下手中的笔，如同一群自由的蝴蝶，融入秋日田野一望无际的金黄之中。1988 年 10 月 15 日，在南汇横沔乡石门村这片即将收获的土地上，本刊编辑部展示出八年来的丰硕成果，举行《解放日报》连载小说首届"石门"创作奖评奖及为期三天别具一格的笔会。

《解放日报》连载专栏和本刊连年来发表了一批在社会上广有影响的作品，其中不少小说被改编为观众喜爱的影视作品。在这次评奖活动中，经过《解放日报》常务副总编丁锡满、中国作协上海分会常务副主席茹志鹃、上海记协主席王维、《解放日报》副总编居欣如，作家阿章、孙树棻和邱国华等评委的认真讨论，共有 10 篇作品获奖。获奖作品是：《一代影星阮玲玉》（沈寂著）、《上海滩绑票奇案》（沈立行著）、《上海滩苏北街情话》（胡根喜著）、《夜色温柔》（黄志远著）、《算命瞎子内幕》（毛炳甫著）、《十六铺女郎》（朱玉琪著）、《诗人徐志摩》（展家骐、张方晦著）、《黑白恨》（任孟国、李健著）、《杨度外传》（田遨著）、《爱国七君子》（单于越著）。

本届评奖委员会主任丁锡满在发奖会上说明了这次评奖与众不同的特点：不发奖金，只有精神鼓励，以画作奖，留作纪念；评委的作品不参加评奖，以避免评选中的一些弊病；不到风景区，不住大宾馆，和农民在一起，过一次田园生活，给作者一次接触农村的机会。石门村是一个仅有 1000 余人的小村，开办了三家工厂，其中塑料厂以进口材料生产出口产品，打入国际市场。农副业也日益兴旺，仅村长徐杏初一家便饲养着 50 余头猪，400多只雪白的 AA 鸡。

其实，看作家们在河边田埂孩儿般地欢闹，便会觉得灯红酒绿席梦思未必及得上稻熟豆香鱼跃网之野趣。那一个个欢快的镜头，至今仍萦绕在我的脑际。

镜头之一：无风水面玻璃滑。头天晚上，两艘水泥船载着作者、编者，悄然滑出了小村。仰头望天，厚厚的云层遮住了星星，遮住了月亮，只隐约可见几间农舍、几株老树、几秆芦苇在慢慢后移。船上人剥着一个个的烤毛豆，好香哟！鲁迅先生儿时偷吃公公的蚕豆，想来也不过如此。多美的夜晚，多美的毛豆呀！偏偏那两个年轻人——获奖作者李健、任孟国不甘大船的平稳，跳上岸边的一叶小舟，享受划桨弄水的乐趣。那小舟真好像一片树叶似的轻飘、狭窄，好在两人有些平衡技巧，有滋有味地在大船边上穿来穿去。大船之间的"拉歌"比赛开始了,此船上,女作家蒋丽萍怀中的三岁小儿林一先开头,奶声奶气地高唱:"妹妹你大胆地往前走啊,往前走,莫回头……"彼船上,青年作家黄志远也扯起了嗓子,偷工减料地唱了一段弹词:"我失骄杨君失柳,杨柳轻扬直上重霄九……"我们不由得望天,呀!满天的星斗,一地的清辉。画家谢春彦恰到好处地唱了一段昆曲纪晓岚诗:一篙一橹一江秋。这大概就是中国式美声唱法,旷野中显得悠远深厚,只有船橹轻搅着河面为之伴奏。一曲终了,大家长吐一口气,赞道:"太美了,太舒服了!"

若问钟子今何在,船上人人皆知音。

镜头之二:午后,秋日竟也辣辣地洒在一方小小的操场上。操场上边那四上四下的小楼是石门村的幼儿园,农家稚子从门里探出头来,瞧瞧发生了什么新鲜事儿。

以石门队为一方,以笔会队为另一方的足球赛开始了。轮到石门队开球,一脚飞起,为笔会队守门员的新华印刷厂小邵还没一点心理准备,球已入网。石门队精神为之一振,谁知笔会队后卫发球门球,一脚踢去,正中对方球门,观众居欣如副总编、阿章主编不由得笑逐颜开。值得一提的是新换上场的笔会队门将颜志贤,坐在靠椅上笃悠悠守门,这在足球史上大概也是史无前例的。因场地杂草丛生,带球十分费力,非队员们体力所及,比赛中及时修改了比赛章程,把原定半场30分钟改为20分钟。下半场,笔会队开脚球时,石门队队员不慎将球踢入自己门内。最后,笔会队以6∶4的比分赢了这场比赛。是谓:滑稽足球赛。

镜头之三:又是一个早晨,烟雨蒙蒙,凉风习习,一群耍笔杆的玩起了钓鱼竿,分坐在四四方方的鱼塘周围,各显其态。阿章先生坐姿端正,一丝不苟;谢画家身披灰雨披,深沉自信;多产作家朱玉琪手持钓竿,笑容可掬;李健、盛晓虹则是"打一枪换一个地方",游击式钓鱼。这大概也多少能体现他们各自的创作方式。

掌管鱼池的是一位慈厚朴实的中年人,大名顾锡荣,前一天夜里,老顾与我们同桌吃饭,听大家伙儿耍嘴皮子,他只是默默地微笑,默默地吃饭,忽听边上有人在打趣谢画家,他忙问边上人:"他真是画家吗?"原来他有一女,自幼爱好画画,无师自通,家里积了一大沓她的习作。谢画家自是热心人,听说农家也有如此爱画的女孩,已是欣喜不已,随他去家里看了画稿和那执着的女孩,给了点拨和鼓舞。

钓鱼比赛的结果太出乎意料了,爱说爱笑的朱玉琪以一条重一斤四两的大草鱼得了头奖,而我们这些态度极其认真者只钓着几条小猫鱼。

镜头之四:一堆篝火燃烧在场中央,染红了四周的每一张笑脸,在临别的夜晚,石门村的父老乡亲携幼扶老围坐在村委会门前,作家、农民联欢会宣告开始。

《连载小说》双月刊主编阿章向石门村党支部书记邱国华、村长徐杏初赠送了锦旗,上书"作家之家",感谢他们为这次丰富多彩的笔会提供了条件。其实这同当地农民的文学修养是分不开的，前几年横沔乡曾开办过文学大专班，邱国华书记就是其中的学员，他们还办了一份铅印的《横沔文艺》。这次笔会尽心操劳的徐杏初村长欢迎作家们常来常往，以此为家。

获奖作家们最期待也最为紧张的时刻到来了，因这次评奖的奖品是一轴轴国画，而发奖是以摸彩的办法进行，只见他暗暗祈祷能获得自己喜爱的画家之杰作。被称为福将的朱玉琪刚放好钓鱼冠军的奖品，又一次如愿以偿，连蹦带跳地捧回了曹简楼先生的墨宝。

石门村的女孩们许多都是乡文艺工厂的成员，她们上场了，婀娜多姿，边唱边舞，与场中鲜红的火焰相辉映。作家们也受了感染，老作家毛炳甫用当地方言一口气报了几十个站名，由上海坐火车到了南京；唐铁海先生更是一身阳刚，中气十足地唱道："妹妹你大胆地往前走啊，往前走，莫回呀头……"老作家田遨为联欢会赋诗一首：

不住宾馆住农户，只因为，文学植根于泥土。

不要奖金要画幅，另因为，金钱收买不了艺术。

这里有无数风流人物，改革家、诗人、棋手，

每个人都在这里载歌载舞。

笔会，是心灵的交流，友谊的浇铸，

钓鱼，有如李太白海上的钓鳌，

撒网，有如著作家的铁网珊瑚。

文艺的价值，在于与时代同步，

也应该探索人生之路。

火已成烬，人已四散，歌已逝远，而那个夜晚，那一堆熊熊的火焰，我们又怎能忘怀呢？！

（本文发表于《解放日报》1989 年《连载小说》）

石门迎嘉宾

邱国华　徐杏初

　　我们石门村地处南汇县横沔乡，有良田美宅，河网水道，是鱼米之乡。1988 年金秋，《解放日报·连载小说》到石门村举办"石门"笔会暨"连载小说石门创作奖"评奖活动，数十位作家、画家、编辑、记者老少咸集，欢聚一堂，在我们石门村畅谈文学创作，漫步芳草碧露，还在野云夜雾中泛舟，在池塘边垂钓。

　　石门村人好客，古已有之。相传明朝崇祯年间，曾有两扇青石大门从远处运来，由于船大河浅，只得暂泊洋口等待大潮汐，谁知道遇上大风，吹翻大船，两扇石门也就沉没在洋口，只有罱泥人传说曾在河底触摸到它，"石门宅"由此得名，石门村从来无门，石门人生性好客，也不需要大门。如今石门村的农、工、副业蓬勃发展，面貌有了极大的变化，可石门人好客的情怀经久不变。《连载小说》编辑部赠送给我们一面锦旗，上面写道："作家之家。"我们愿意领受这个美名。我们欢迎每一位愿意深入生活和石门人交朋友的作家和艺术家到我们石门来做客。农村富裕了，农民需要高层次的精神追求，他们想学习吟唱、写作、绘画，需要作家和艺术家来帮助指导。

　　我们作为石门村的领导，不仅要把石门建设成机声隆隆、鱼虾跳跃、稻穗翻浪的村宅，还想把石门建成文明灿烂的世界。我们盼望各位艺术家、作家在建设精神文明的同时，不要忘记石门村这个"作家之家"。

（本文发表于《解放日报》1989 年《连载小说》）

第三章

筚路蓝缕 从政生涯

——在南汇县横沔镇工作时期

庚	競	今	小
午	選	管	事
桃	當	民	亦
花	副	生	重
盛	鎮	事	任

◇ 庚午桃花盛，竞选当副镇。分管民生事，小事亦重任。

在桃花盛开的 3 月，乡政府换届选举，竞选担任副乡长，分管文化体育、教育卫生、计划生育、民政等民生工作。

原南汇县横沔乡党政班子成员在"水晶宫"留影

計	走	宣	上
生	遍	傳	下
工	千	國	鼓
作	萬	策	與
苦	戶	忙	呼

◇ 计生工作苦，走遍千万户。宣传国策忙，上下鼓与呼。

计划生育是当时我国的基本政策，各级党委政府高度重视，对计划生育工作，实行"一票否决制"。计划生育工作冲破几千年封建传统，特别在农村，计划生育工作非常艰巨，真是"走访千家万户，说尽千言万语，历尽千辛万苦"，冲破千百年"养儿防老"传统观念。

坚	典	北	工
持	型	京	作
三	来	领	获
为	引	奖	硕
主	路	状	果

◇ 坚持三为主，典型来引路。北京领奖状，工作获硕果。

　　计划生育工作中坚持"以宣传教育为主，避孕节育为主，经常工作为主"，结合《上海市计划生育条例》，经过认真扎实的工作，扭转了横沔乡计划生育工作被动的局面，自己被评为"全国计划生育宣传工作先进个人"。

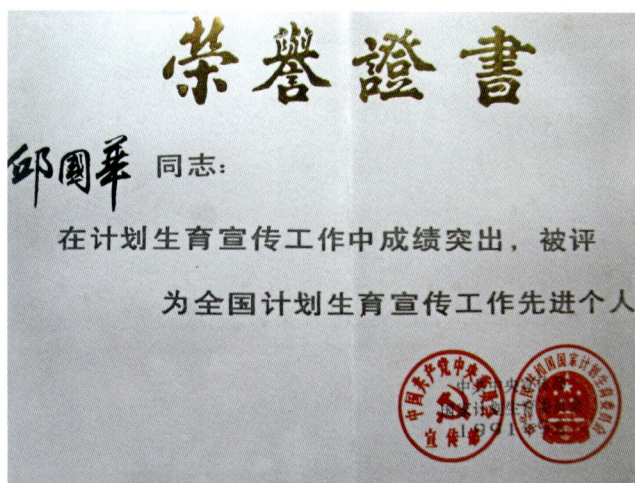

誉	女	農	學
滿	子	民	校
浦	音	享	大
江	樂	合	改
邊	隊	醫	建

◇ 学校大改建，农民享合医。女子音乐队，誉满浦江边。

　　横沔党委政府把民生工作放在首位，高度重视医疗、卫生、文化教育工作，政府投资数百万建造横沔中学、成人学校、幼儿园，成立新型农村合作医疗。镇文化站成立了上海市第一支女子轻音乐队，在各种场合无偿演出，镇文化站被评为"全国先进文化站"。

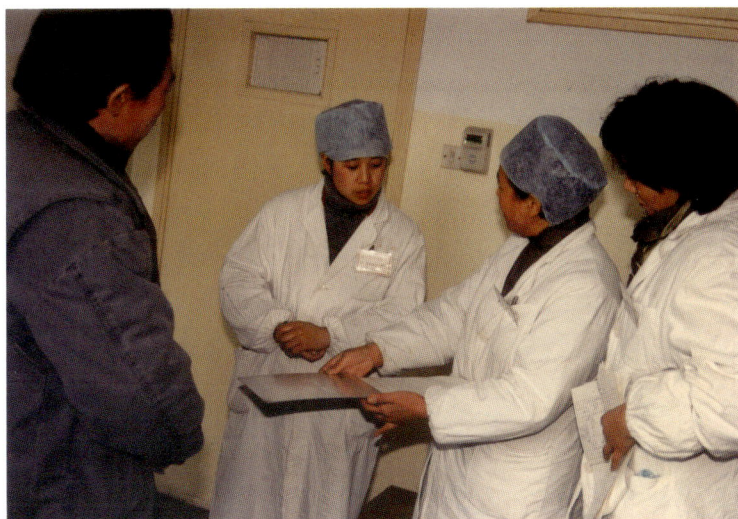

青	天	春	鄧
春	公	風	公
熱	重	大	講
血	抖	地	話
沸	擻	暖	傳

◇ 邓公讲话传，春风大地暖。天公重抖擞，青春热血沸。

对中国改革开放具有历史性意义的邓小平视察南方谈话，真是"忽如一夜春风来，千树万树梨花开"。"三个有利于""贫穷不是社会主义"等论断使基层干群明确了工作方向，鼓舞和调动了亿万人民的工作热情，使年轻人心潮澎湃、热血沸腾。

抓紧浦东开发，
不要动摇，一直到建成。
邓小平

　　1992 年初，邓小平在视察南方发表南方谈话时提出的"是否有利于发展社会主义社会的生产力、是否有利于增强社会主义国家的综合国力、是否有利于提高人民的生活水平"，被视为人们衡量一切工作是非得失的判断标准。

発 誓 重 地
展 願 任 方
硬 富 壓 小
道 家 在 総
理 鄉 肩 理

◇ 地方小总理，重任压在肩。誓愿富家乡，发展硬道理。

作为地方行政一把手，党和人民把重担压在肩，在邓小平视察南方谈话精神指引下，在浦东大开发、大建设、大发展的背景下，横沔镇成立了"浦东康桥工业区横沔园区管委会"。当时党委、政府把经济发展作为第一要务来抓，坚持"发展是硬道理"的指导思想，时间就是金钱，效益就是生命，镇干群日以继夜，忘我工作，努力建设新横沔。

中共南汇县县委委员、乡党委书记徐桂珍（中）和党委班子成员

横沔镇政府班子成员

基	民	規	籌
礎	間	劃	建
設	去	抓	開
施	集	在	發
建	資	先	區

◇ 筹建开发区，规划抓在先。民间去集资，基础设施建。

镇政府抽调村镇建设办公室、土地所、工业公司等骨干组成专业队伍，在县规划局、康桥管委会的指导下，做好详细的规划工作，做好道路、电力、水、通信等五通一平的基础设施。当初由于政府开发资金紧缺，镇里向群众集资，筹备开发资金，为招商引资做好基础工作。

国家邮电部副部长刘平源（左二）到横沔镇考察投资环境

康桥管委会领导与横沔镇领导共同研讨工业区发展规划

中国园林专家、同济大学教授陈从周（左一）在横沔镇指导规划工作

誠	宣	千	招
信	傳	里	商
是	環	路	赴
關	境	途	十
鍵	好	顛	堰

◇ 招商赴十堰，千里路途颠。宣传环境好，诚信是关键。

　　为了加快工业园区的发展，镇党政主要领导亲自带队招商，不顾路途遥远、道路颠簸，到襄樊、十堰进行招商，宣传浦东横沔镇的政策优势、地理优势和服务优势。

中国东风汽车集团董事长、总经理马跃（前排左一）考察康桥工业区横沔园区

南汇县人大主任计厚福（左二）陪同东风汽车集团副董事长宋延光（右二）考察康桥工业区横沔园区

◇一汽小红旗，东风零部件。外资数十家，落户在横沔。

通过招商引资，东风汽车集团、中国第一汽车制造厂的"小红旗汽车"项目、"东风汽车零部件"项目终于落户横沔，同时美国、日本、德国、英国、法国及中国台湾、中国香港企业落户康桥工业区横沔园区。

中国一汽上海浦东轿车组装厂竣工投产典礼

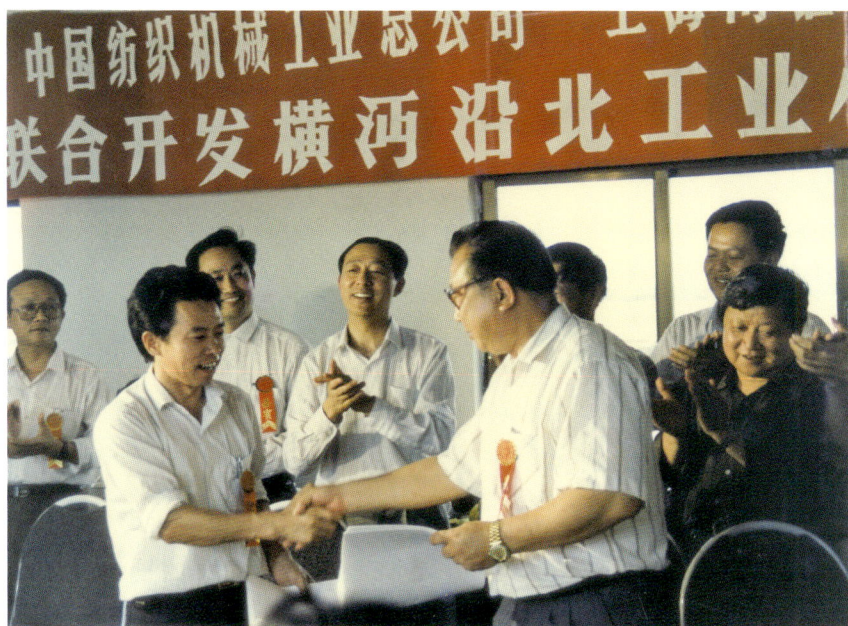

南汇县县长陈文泉（后排左三）参加中国纺织机械工业总公司与横沔乡联合开发横沔沿北小区的签约仪式

南汇县人大常委会主任计厚福（后排右四）、副县长顾正明（后排右三）参加杨浦区人民政府与横沔镇人民政府土地开发签约仪式

中共南汇县县委书记许德明（前排右一）为横沔工业区中美合资企业开工典礼剪彩

中共南汇县委书记乔野生（左一）陪同东风汽车集团董事长马跃（中）考察横沔工业园区

横沔镇党政领导考察华西村，专访村党委书记吴仁宝（右二）

南汇县横沔镇党政领导班子成员合影

●第48期（总205期） ●沪内报第0

横沔镇采取十大措施 阔步迈向二十一世纪

【本报讯】早在八十年代初就成为市郊首批"亿元乡"的横沔镇党委、政府，充分利用现有经济基础和紧靠浦东新区的有利条件，采取十大措施，昂首阔步迈向二十一世纪。今年实现工业产值13亿，明年争取实现工业产值超20亿，至本世纪末争取工业产值超过60亿。

采取的十大措施是：

一、抓好工业结构调整。由原来以服装塑料等行业为主逐步转向汽车、新型技术等行业为主。汽、二次，上海大众等国家重点汽车企业的配套项目已相继靠向横沔。使汽车行业产值已占全镇工业总产值的30%，到本世纪末力争达到50%左右。另外如机器人、通讯器材、电子仪表类行业的一批企业也正陆续建成投产。

二、抓好企业转制。目前，该镇已组建股份合作制企业15家，并将一些企业改组为有限责任公司、三资企业和股份有限公司，租赁经营等形式实现了转制，到本世纪末基本建立现代企业制度的框架。

三、抓好企业的膨胀工程。在现有骨干企业的基础上……

五、抓好招商引资。今年这个镇已引进三资企业10多家，总投资达8000万美元，约占全县总数的20%。该镇将继续加大招商力度，争取每年引进外资8000万—1亿美元。

六、抓好农副业生产的发展。继续发挥已经形成的蔬菜、花卉、瓜肉型猪、肉鸡、淡水鱼等优势，并积极发展外向农业和旅游观光农业。在稳定家庭联产承包责任制的基础上，积极推行"两田分离"，逐步发展适度规模经营，向农业现代化方向迈进。

此外，还将通过抓好第三产业发展、抓好科技兴镇、抓好村镇建设和管理、抓好一批实事工程、实现提出的以正……

法国两大财团投资浦东

开发生产新一代超薄型金属介质化膜

【本报讯】……法国两大公司……近日在浦东横沔乡达成……介质膜"项目的协议。上海无锡化大公司一项目的进将使我国电子行业前端手术产……新高度，上海市市长赵启正、法国巴黎总领事……商务参赞等出席签字仪式……

法国旋美电子技术公司是一家大型跨国集团，主生产的金属化介质膜占国际市场的35%，这次在浦东注册的合资公司将采取双方约定，充分利用现有企业的生产能力，今年铝金属化膜的单机产量要到200吨，到96年形成420吨的年生产能力，并实现50%产品的外销。

属化薄膜，3.5Vm以下的新一代超薄型金属化膜，以及各种金属膜的切削。

（范桂国）

康桥开发区将建纺织机械城

占地五百亩 总投资三亿元

【本报讯】一座占地500亩，集科研中心、实验工厂、纺织机械制造及贸易、商业于一体的纺织机械城不久将在康桥开发区——横沔沿北工业小区兴建。6月24日，中国纺织机械工业总公司分党组书记、北京宏大纺织机械制造集团公司董事长赵东升和横沔乡乡长邱国华分别代表双方在土地征用协议上签了字。该项目年内一期工程投资1亿元，生产新一代无梭织机高新技术产品，二期工程将投资2—3亿元。

中国纺织机械工业总公司，承担着60%以上纺织机械国家合同订购任务和80%以上的纺织机械出口创汇任务，是全国纺织行业规模最大的纺织机械制造企业。

由中国纺织机械总公司投资开发的500亩土地，在横沔沿北工业小区内。该工业开发区处于浦东新区二环线内，总面积3.1平方公里，政策优惠，交通便利。规划中的杨浦大桥浦东南延主干道以及向东至江镇国际机场的公路和铁路都将横穿横沔沿北工业小区。该公司征用这片土地后，将联合下属23家企事业单位会同横沔工业公司共同开发。

沈勤芳

上海汽车克拉废型又上新台阶

首辆"小红旗"从浦东驶来

本报浦东新区今日讯（记者何锦新）由本市组织生产的第一辆"小红旗"轿车，今天上午10时18分……一汽浦东轿车组装厂生……

一汽集团新开发的红旗CA7220轿车，通称"小红旗"。该车在动力性、加速性、安全性、舒适性、经济性等方面，均达到九十年代国际水平，是我国目前中级、中高级轿车的主导车型。

浦东横沔，投资者辉煌的起点

上海浦东横沔吗？横沔的速度真快，越来越受……

横沔镇，位于浦东新区行政线内，人口约2.2万……平方公里，其中3……

……饮料、电子电器等七大类产品，还有电镀、轧钢、汽车改装、印刷、纸制料等一些行业。其中有十多个企业如上海沪南电缆总厂、上海电话线路器材厂横东联营厂已列入500家乡镇工业企业行列。……

随着浦东开发进程的加速，镇政府抓住改革开放的大好机遇，充分利用自……已有天独厚的地理位置和优越的区位条件，开发了本镇3.56平方公里的工业小区。工业小区的开发，受到了中外客商的……注目。如法国波洛莱工艺技术公司、德国巴黎国民银行等外国企业纷至沓来，国内东风汽车集团公司、中国纺织机械总公司等众多中外知名企业纷纷前来投资。

为什么国内外众多企业都看中这块……

横沔基础设……影剧院、卫生院……园如上海郊区第……水晶宫使该镇别……园的设施是第一……质量连续5年荣……

横沔工业区是经上海市人民政府1994年8月批准的市级工业区，规划面积为26.88平方公里。由南汇县康桥镇、横沔镇和浦南镇的部分地区组成，其中横沔镇占15平方公里。而且工……

即"六通一平"，区总体布局为发……至5年的建设，以……到20亿元，成为……

工业区致……工业、计算机、电子……管线路，将由南向北延伸至……首先受益。电信便捷，万门程控电话交换机已经启用……

时欢迎各界工……员到横沔参加……

东风汽车集团与南汇横沔乡签约

投资一点七亿 开发三个项目

【本报讯】我国大型汽车制造骨干企业——东风汽车集团公司昨天与南汇县横沔乡签定了投资开发协议，决定在横沔工业小区开发标准件配件、钢板弹簧和软轴软管控制索三个项目，占地260亩，总投资1.7亿元以上。其中软轴软管控制索目前只在少数发达国家生产，投产后50%以上产品销往国外。

位于浦东新区二环线以内的横沔工业开发小区从今年初建立以来，至今已吸引中国纺织机械总公司等六家国内外企业前来投资开发，联合开发土地2985亩，协议投资11.1亿元。

（范桂国）

89

利　益　冲　突　期

改　革　须　演　攻　坚

稳　定　最　重　要

民　生　国　之　基

◇利益冲突期，改革须攻坚。稳定最重要，民生国之基。

在工业区大开发、大建设、大发展的同时，也产生了各类利益矛盾，队与镇的矛盾、村与镇的矛盾、企业与镇的拆迁矛盾、老百姓的动拆迁矛盾等交织在一起。上访事例不断，党委、政府清醒地认识到稳定工作十分重要，稳定工作也决定着投资环境。党委、政府坚持以人为本，守土有责，及时化解矛盾，全镇无进市、进京个访、群访事件发生，把稳定、民生工作放在重要的位置上。

全 農 方 新
市 民 案 邨
樣 別 專 集
板 墅 家 中
點 住 選 建

◇ 新村集中建，方案专家选。农民别墅住，全市样板点。

按照市委、市政府"三个集中"的要求，镇政府为了把动迁农民的住宅集中起来，建造农民中心村，邀请市、县专家论证建房方案，请农民代表选择设计方案，终于使农民住进小别墅，镇的中心村建设也成为上海市的样板村之一。

横沔镇汤巷村现状

環	親	奮	豈
南	率	戰	有
大	大	六	星
道	拆	個	期
建	遷	月	天

◇ 环南大道建，亲率大拆迁。奋战六个月，岂有星期天。

　　浦东新区环南大道是通往浦东国际机场的主干道，市政府、区政府有明确的时间要求，镇党政班子每位成员利用星期天或早晚的时间深入到各个村、各个队，做好企业和群众的拆迁工作。他们连续奋战六个月，解决了一系列具体问题，终于完成上级交给的任务，使环南大道按时竣工通车。

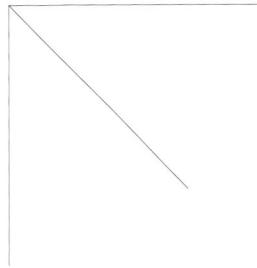

出让地千顷 私家无一分 领导百企业 不参一股份

◇ 出让地千顷，私家无一分。领导百企业，不参一股份。

在康桥工业区横沔园区热火朝天的大开发、大建设中，政府把成千上万亩的土地出租、出让。在这个过程中，我没有利用职权及各种形式占有一份土地；全镇有上百个企业，自己没有利用手中的权力或某种合法的途径，在效益好的企业中侵占一股。

月	日	与政府签协单位名称	合同项目说明
6	24	中国纺织机械工业总公司土地开发协议及合同补充资料	土地项目
8	10	上海公路房产联合开发经营公司协议	土地项目
8	27	中国第二汽车制造厂协议	
9	23	海南南联实业公司协议及补充协议	22-27地块
11	12	上海大正物业公司协议及补充合同	9号地块
10	28	上海谷岭实业公司征地协议	汤巷一组
12	15	上海康桥实业公司及征地包干协议	1,2,3,4地块
5	26	上海上菱电器股份有限公司征地包干协议	怡元村地块
7	22	上海绿源公司征地包干协议	区区40
8	17	上海汇丽集团征地协议	第一期70亩土地
10	9	上海绿源实业公司费用包干协议	住宅用地
11	21	上海川湘调料食品公司协议	30号地块
11	21	上海郡万生公司征地协议	30号地块
12	23	上海麦克电子公司协议及补充协议	23号地块
4	24	上海神汇转向器费用包干协议	
7	11	上海市邮电管理局征地合同	8号地块
9	27	上海汇丽集团征地协议	第二期50亩开发
11	15	上海市杨浦区计划经济委员会征地协议	开发16号地块

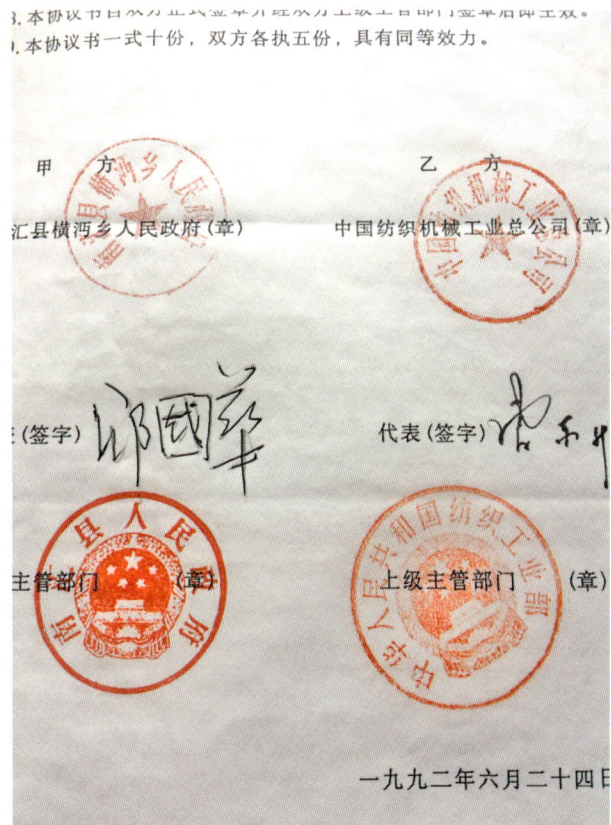

8. 本协议书自双方正式签章并经双方上级主管部门签章后生效。

0. 本协议书一式十份,双方各执五份,具有同等效力。

甲　方　　　　　　　　　　乙　方

…汇县横沔乡人民政府（章）　中国纺织机械工业总公司（章）

代表（签字）邱国华　　　　代表（签字）吾禾…

…县人民（章）　　　　　…和国纺织工业…

…主管部门　（章）　　　　上级主管部门　（章）

一九九二年六月二十四日

◇ 主政两届期，辛酸苦辣甜。赤胆建家乡，自傲唯清廉。

　　在生我养我的横沔镇这块土地上，我担任两届镇长，尝尽了"父母官"的辛酸苦辣甜，经历人生的历练。凭一个党员的赤胆忠心和公仆的良心，建设家乡，没有功劳有苦劳，以清廉不媚而自豪。

浦东新区康桥镇石门村
农村老宅留影

浦东新区周浦镇百花
新村住宅

浦东构建国际邮件交换中心

空港、海港、信息港齐下

本报上海12日专电 为了加快浦东交通通讯事业的发展，改善浦东的投资环境，一项名为"空港、海港、信息港三港齐下"的发展战略正在付诸实施。据悉，浦东国际机场第一条跑道定于今年9月正式动工，并将于1999年实现通航，东方大港——上海国际航运中心的选址工作也在加紧进行。而标志着信息港工程的正式启动，占地110亩的国际邮件交换副中心于11日下午在南汇县横沔镇举行了征地签约仪式。

该中心位于上海浦东康桥工业区横沔工业园区内，地处规划中的上海城市外环线和世纪大道交汇处，距浦东国际机场8公里，离芦潮港不到60公里，地理位置十分优越。今年6月，国家邮电部副部长刘平源视察园区后，对这里的投资环境非常满意。上海邮电管理局经过缜密考察，决定投资2.5亿元人民币，在横沔镇征地110亩，建立浦东信息港机动通讯基地和国际邮件交换副中心，与规划中的浦东王港国际邮件交换中心遥相呼应，共同组成未来中国的国际信息交换枢纽。该工程预计将于1998年全面完工。 （俞凯 金忠伟）

新一代"红旗"轿车投产

一汽上海浦东轿车组装厂

本报讯 昨天，由南汇康桥工业区争光工业总公司和中国第一汽车集团公司联合组建的中国一汽上海浦东轿车组装厂正式成立投产，主要生产组装新一代的"红旗"CA7220轿车。副市长孟建柱对南汇县坚持打"中华牌"，实行优势互补，联手发展的办法，给予充分肯定。

新一代的"红旗"CA7220轿车是一汽在引进、消化、吸收德国奥迪车身及美国克莱斯勒发动机等国际先进技术的基础上，自主开发研制的国产轿车，为我国目前中级和中高级轿车的主导车型。 （记者 张伟光）

东方城乡报 1998年6月

4 假日周刊

横沔镇，浦东的又一块热土

强化管理 协调发展

横沔集镇建设上新台阶

深入开展创建活动，提高文明创建水平

强化集镇建设管理，继续搞好实事工程

第四章

艰辛创业 坎坷路途

——在南汇县坦直镇工作时期

學	進	思	調
習	京	路	往
鄧	去	重	另
理	深	調	一
論	造	整	鎮

◇ 调往另一镇，思路重调整。进京去深造，学习邓理论。

又是一个夏天，组织上安排我到坦直镇工作。这个镇的情况是民营企业较多，规模不一，交通和经济也不同，所以需要重新调整工作思路、工作方法。这年秋天，我去北京中央党校学习邓小平建设中国特色社会主义的理论，聆听党和国家领导人的讲话，聆听中央党校高级教授的授课，使我受益良多。

1998 年秋季在北京中央党校脱产学习

南汇县坦直镇党委书记徐根山（左四）与党委班子成员合影

幹資公企
羣産平業
都保来抓
贊增競轉
成值争型

◇ 企业抓转型，公平来竞争。资产保增值，干群都赞成。

在坦直镇对现存少量的集体企业及奶牛场等进行公开、公平、公正的招标，确保集体资产保值增值，得到干部群众的支持拥护。

坦直镇机关人员欢送
老同志光荣退休

区计生委主任顾雅根
（二排左六）与镇领导带领
坦直镇计生干部外出学习考
察

便　修　捐　胸
民　橋　資　有
擴　路　建　民
菜　通　老　生
場　暢　院　賬

◇ 便民扩菜场，修桥路通畅。捐资建老院，胸有民生账。

　　由于镇人民政府的财力不足，但是政府还是把民生事业放在首位，千方百计，群策群力，发动企事业单位的干部、职工进行捐款，终于建成了当时坦直镇一流的敬老院。

填平小河浜扩建的坦直镇菜市场

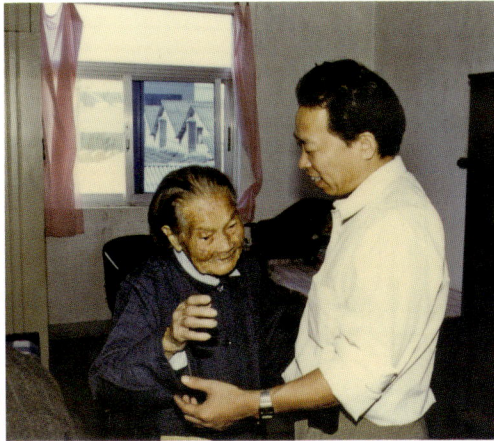

在敬老院探望百岁老人

舊貌變新顏　邨鎮依法治　不畏訪民纏　集鎮改造難

◇集镇改造难，不畏访民缠。村镇依法治，旧貌变新颜。

　　20 世纪 90 年代末，小镇的交通非常拥堵，沿街乱设摊的情况严重，百姓怨声载道，每次党代会、人代会成为代表们提出意见的热点。为此，党委、政府决定对主要道路的商业街依法整治，由于此举涉及某些人的切身利益而屡屡引发上访，党委、政府"咬定青山不放松"，经过三年的艰苦工作，彻底改变了沿街脏、乱、差的旧面貌。

人生历事录

南汇县副县长倪跃明（左五）参加坦直镇招商引资联谊会

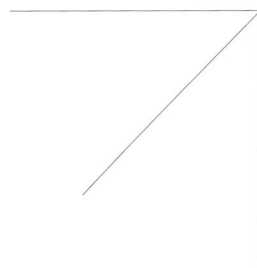

南汇县坦直镇整治新坦瓦公路两侧

含 離 攃 衣

淚 職 勞 袖

別 心 甚 日

舞 滴 疲 漸

臺 血 憊 寬

◇ 衣袖日渐宽，操劳甚疲惫。离职心滴血，含泪别舞台。

长期在基层第一线工作，特别在主要领导岗位上经受着巨大的身心压力和工作压力，呕心沥血，操劳疲惫，身体欠佳，经组织关心照顾，被安排到较为轻松的岗位上工作。

赴香港招商引资拜访南汇县坦直籍企业家

坦直镇机关工作人员欢送光荣入伍青年留影

振興中華

第五章

苦其心志　磨砺人生

——在南汇区招商办工作时期

冷	静	有	區
眸	思	時	級
辨	世	史	機
忠	與	書	關
姦	故	看	閑

◇ 区级机关闲，有时史书看。静思世与故，冷眸辨忠奸。

在区级机关工作，由于身体欠佳，组织上安排的工作相对要比基层政府工作清闲些，自己抽出时间阅读一些中外历史的书籍，宁静致远，清净使自己静下来思考社会现实的问题，思考社会风气问题，也看清了人间世态。

人生历事录

分	部	管	内
管	门	理	外
一	十	人	重
门	七	性	攷
式	八	化	核

◇ 分管一门式，部门十七八。管理人性化，内外重考核。

自己分管区招商服务中心的"一门式服务"工作，分管入驻区级机关十七八个行政审批管理部门的重要工作。服务中心对入驻人员的工作纪律、工作作风、工作态度、工作效率进行内外考核，相互考评。通过考评，坚持树典型、抓两头推进"一门式服务"工作。通过入驻人员实行"并联审批"，提高效率加快进度。

南汇区副区长朱嘉骏
（左三）带队赴河南省商丘
市神火集团考察

南汇区副区长徐江（左
二）在区招商服务中心"一
门式"工作总结会上讲话

客	服	並	機
尊	務	聯	關
我	投	審	作
心	資	批	風
慰	商	快	轉

◇ 机关作风转，并联审批快。服务投资商，客尊我心慰。

南汇区投资服务中心（招商办）诚信高效的服务得到了各级领导、中外投资商的赞扬和肯定，也得到了社会的尊重，对自己也是一种安慰。

南汇区招商服务中心主动深入企业做好服务工作

南汇区招商服务中心（招商办）主任曹育才（右二）与全体班子成员

风铃

一串简单、清脆的风铃使我难忘。

几年前，我住在梅香公寓时，邻居就是小婷，我们同一个楼道，同一个阳台，只用大理柱隔着。她婀娜的身姿、甜美的笑脸给我、给我家带来和睦、亲切的感受。

小婷阳台边吊着由一支支金属管串着的风铃，大自然的风吹动着风铃，发出叮当、叮当的美妙声音。

春，某日，小婷给我妻送来"红粉"，说自己已跳槽，在娱乐城工作。

夏，假日那天下午，小婷穿着雪白的长裙给我送来几盒洋烟，自己也学会抽。"姑娘吸烟不雅观！"我婉转地批评她。

"大哥，你少见多怪，吸烟算什么，有人还吸粉呢，警方都管不了。"

中秋夜，花好月圆。妻告诉我："小婷出事了，可惜。"我凝视妻："什么？"

"小婷走了，原因不明。"

深夜，我合不上眼，不知几更，起风了，起来关窗，借着月光，只见隔壁阳台那件白色长裙还在随风飘逸，似魔在狂舞。

那串叮当、叮当的风铃似小婷在低声泣诉的紫魂哀乐。

新黄粱——讽刺小小说

我终于高居庙堂，前呼后拥。

我捋捋胡须，仰望苍天，苍天只有几片云彩，捋捋头，怎么没发了？快用乌纱罩着。

鸟瞰天下，万人在我脚下，腾云驾雾。

我清清嗓门咏几句古人语录，众人掌声雷动，下人誉我"千古文章"。

我贱卖祖上几批土地与祖业，也算我赚钱的功绩。莅临"无名城区"，亲垒几铲黄土，文人高嚷"新世纪里程碑"。

我实受感动，再种几株树苗野草，报眼里刊出"江山未来的绿洲"。

富人献上薄礼，美女送来秋波，我心中暗自窃喜。

叱咤风云人生，我怎么成为伟人？

一声惊雷催我醒。唉！又是一枕黄粱。

本小说是讽刺某些官员，一旦掌握权力，就无法无天，任性用权，不受监督，脱离群众，甚至成为腐败官员而被民众唾弃。只有造福人民，才能千古传颂。

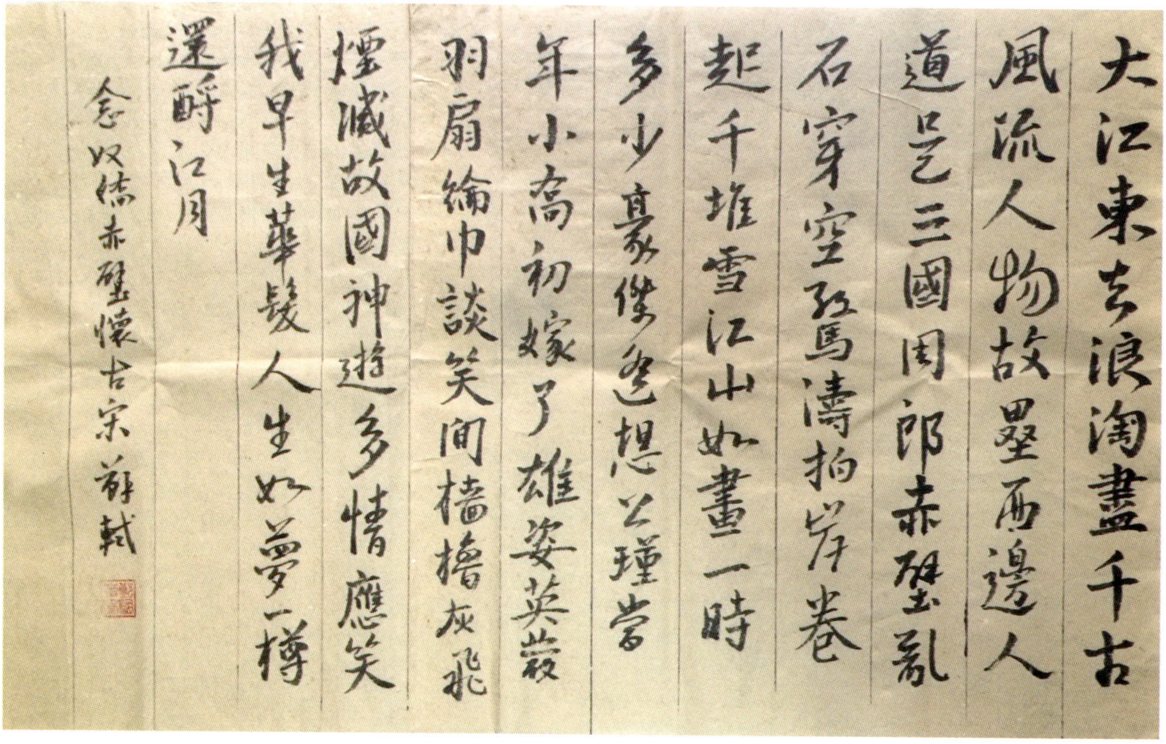

大江東去浪淘盡千古
風流人物故壘西邊人
道是三國周郎赤壁亂
石穿空驚濤拍岸捲
起千堆雪江山如畫一時
多少豪傑遥想公瑾當
年小喬初嫁了雄姿英發
羽扇綸巾談笑間檣櫓灰飛
煙滅故國神遊多情應笑
我早生華髮人生如夢一樽
還酹江月

念奴嬌赤壁懷古宋蘇軾

第六章

低调做人 务实人事

——在南汇区工商联工作时期

調任區商會
工作敢作為
編纂工商志
表彰建設者

◇ 调任区商会，工作敢作为。编纂工商志，表彰建设者。

被调到南汇区工商联（商会）工作，认真理清工商联的性质、职能、任务。按照党中央"坚持两个毫不动摇"的方针政策，对全区非公经济情况进行深入调研，大胆开展工作，抓住南汇区（商会成立一百年）历史契机，组织编纂《南汇工商联（商会）志》。按照党中央、市、区统战部的要求，对非公经济人士中的"优秀社会主义事业建设者"进行每两年一次的表彰大会，引导南汇区非公经济企业人士按两个健康目标前进。

原南汇县工商业联合会旧址（惠南镇为民路3号）

区委区政府表彰优秀社会主义事业建设者

区政协副主席、区工商联（商会）会长邵永飞（前排左六）带队赴天津考察

<table>
<tr><td>圍</td><td>臨</td><td>名</td><td>聯</td></tr>
<tr><td>繞</td><td>港</td><td>企</td><td>動</td></tr>
<tr><td>新</td><td>新</td><td>聚</td><td>市</td></tr>
<tr><td>發</td><td>城</td><td>南</td><td>商</td></tr>
<tr><td>展</td><td>行</td><td>滙</td><td>會</td></tr>
</table>

◇ 联动市商会，名企聚南汇。临港新城行，围绕新发展。

　　通过江浙沪皖工商联组成"长三角工商联联谊会"这个平台，南汇工商联倡议举办长三角知名民营企业家"临港新城行"活动，得到市、区领导的肯定和大力支持，使长三角400多名知名企业家来实地考察建设中的临港新城，参观中国当时第一跨海大桥和洋山港一期码头。南汇区依托国际航空港、洋山深水港、申嘉沪高速等区域优势，进行大规模招商引资，促进南汇区经济快速发展。

南汇区区委副书记、区长张建晨在南汇"临港新城行"活动上做介绍

全国工商联副主席、上海市人大副主任、上海市工商联主席任文燕在"临港新城行"活动上讲话

"长三角"县（市）区工商联工作联谊会昆山会议
2004年6月2日

NANHUI WEEKLY

南汇报

追求新闻影响　关注百姓生活

南汇举办"聚焦南汇"——"长三角"知名民营企业家临港新城行活动

把关注的目光投向南汇

任文燕到会祝贺　张建晨作介绍

精心勾画未来蓝图

区委召开座谈会，就制定"十一五"规划建议向各镇征求意见

解放日报

新闻视点
2005年11月30日 星期三

长三角民企纵论"开港商机"

文汇报

民营企业家聚焦南汇

救	特	富	光
灾	困	仁	彩
献	民	方	事
爱	企	向	业
心	帮	引	兴

◇ 光彩事业兴，宣传方向引。特困民企帮，救灾献爱心。

　　上海市南汇区统战部、工商联成立了"光彩事业促进会"，组织、引导、号召有爱心的非公经济人士结对帮助困难家庭、困难学生，特别在"汶川特大地震"后，无数非公企业、非公人士多则百万少则数千捐资捐物，向灾区献爱心，真是"一方有难，八方支援"，齐心协力，抗震救灾。

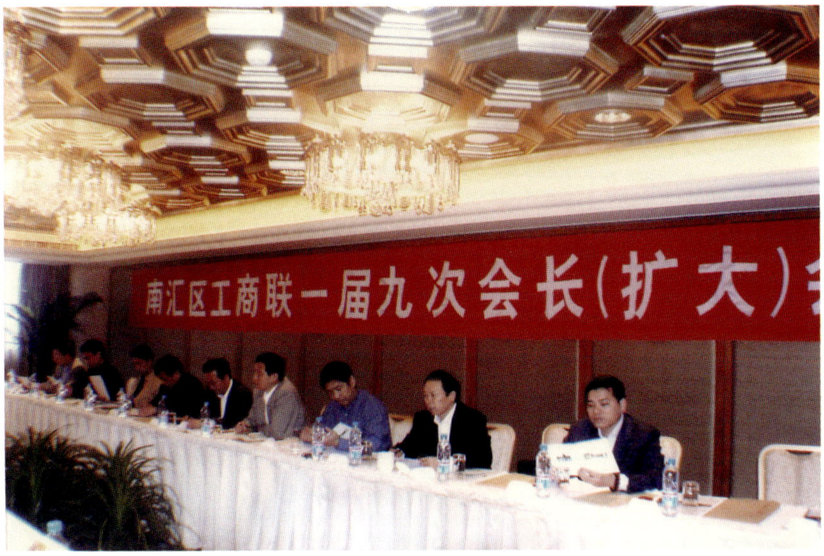

南汇区委副书记周平（右四）参加区工商联会长（扩大）会议

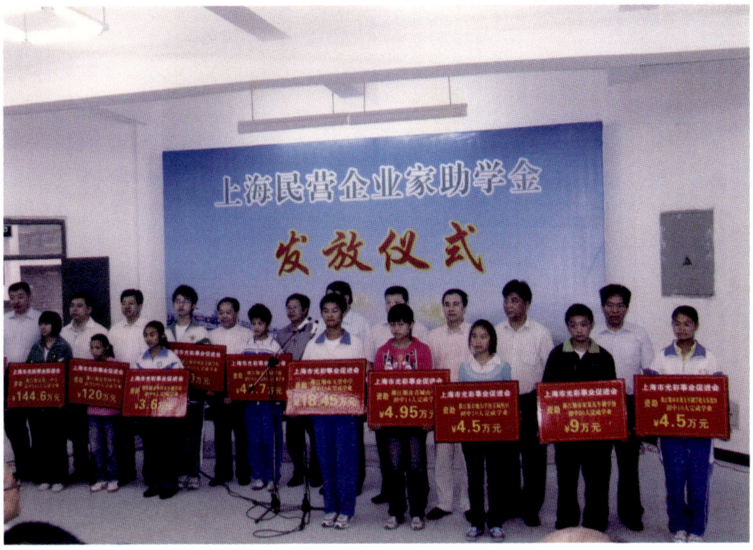

南汇区民营企业家参加上海市民营企业家助学金发放仪式

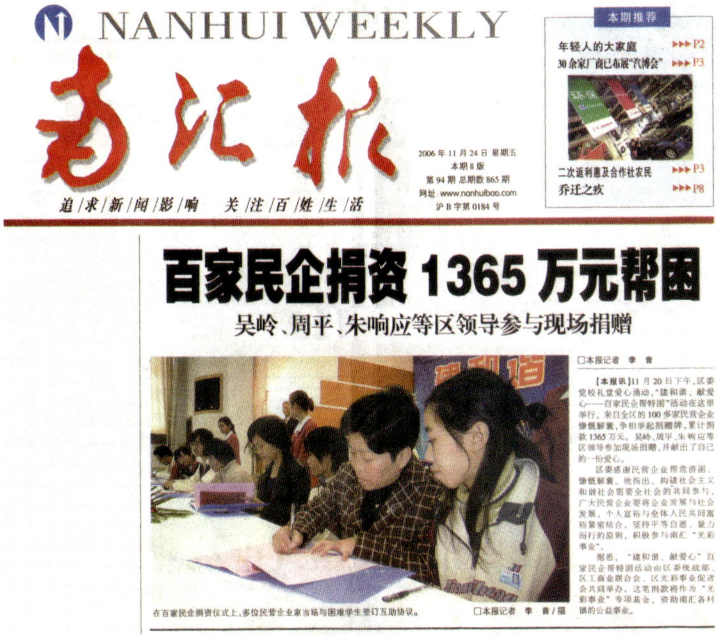

NANHUI WEEKLY

南汇报

追求新闻影响 关注百姓生活

2006年11月24日 星期五
本期8版
第94期 总期数865期
网址：www.nanhuibao.com
沪B字第0184号

本期推荐

年轻人的大家庭 ▶▶▶P2
30余家厂商已布展"汽博会" ▶▶▶P3
二次返利惠及合作社农民 ▶▶▶P3
乔迁之欢 ▶▶▶P8

百家民企捐资1365万元帮困

吴岭、周平、朱响应等区领导参与现场捐赠

□本报记者 李 青

【本报讯】11月20日下午，区委党校礼堂爱心涌动，"建和谐、献爱心——百家民企帮特困"活动在这里举行。来自全区的100多家民营企业慷慨解囊，争相举起捐赠牌，累计捐款1365万元。吴岭、周平、朱响应等区领导参加现场捐赠，并献出了自己的一份爱心。

区委感谢民营企业帮危济困、慷慨解囊。他指出，构建社会主义和谐社会需要全社会的共同参与，广大民营企业要将企业发展与社会发展，个人富裕与全体人民共同富裕紧密结合，坚持平等自愿、量力而行的原则，积极参与南汇"光彩事业"。

据悉，"建和谐、献爱心"百家民企帮特困活动由区委统战部、区工商业联合会、区光彩事业促进会共同举办。这笔捐款将作为"光彩事业"专项基金，资助南汇各村镇的公益事业。

在百家民企捐资仪式上，多位民营企业家当场与困难学生签订互助协议。 □本报记者 李 青/摄

增 共 領 年

彊 商 導 年

凝 發 予 元

聚 展 鼓 宵

力 計 勵 節

◇ 年年元宵节，领导予鼓励。共商发展计，增强凝聚力。

　　每年的元宵佳节，南汇区工商联（商会）举行新春茶话活动，共商非公经济发展大计，部署工商联工作。区党政领导亲自参加，做到"亲"与"清"，并解决民营企业家发展过程中的具体困难，改善营商环境，增强工商联（商会）的号召力、凝聚力。

南汇区委常委、统战部长顾建中（左三）对区工商联工作提出要求

南汇区副区长施小琳（右二）听取区工商联工作汇报

南汇报 本版责编：张勾初
EMAIL：nanhuibao@sina.com

经济新闻

2004年2月10日 星期二 **P3**

非公经济迎来大发展春天

——访区人大代表、工商联党组书记邱国华

□本报记者 张勾初

"在党的十六大精神鼓舞下，全区非公经济发展迅速，在每年新注册的5000多户企业中，95%以上是非公经济。到目前为止，全区非公经济总量已占全区工业经济总量的75.8%。在南汇大开发的机遇中，南汇的非公经济迎来了大发展的春天。"刚刚从区二届人大二次会议会场归来的人大代表、区工商联党组书记邱国华满怀喜悦地接受了记者的采访，他兴奋地对记者说："今年南汇非公经济发展的增幅将达到35—40%。"

据有关资料显示，2003年南汇

非公经济进入了快速发展期，非公经济在南汇经济中的比重不断增加，其经济效益和社会效益日益显现。2003年全区非公经济新注册的企业有5545户，累计已达到19000多户，注册资金超过250亿元，其中，注册资金在1亿元以上的就有20家。2003年非公经济企业上缴税收达到13.1亿元，同比增加71.8%。非公经济成为南汇经济增长中不可或缺的重要部分。

邱国华说："十六大报告指出，必须毫不动摇地鼓励、支持和引导非公有制经济发展，是南汇非公经济迅猛发展的源动力。"区政府工作报告也明确指出，必须坚定不移地引导和支

持非公经济的发展，努力帮助解决非公经济发展的瓶颈问题，积极消除非公经济发展的体制性、机制性障碍，放宽市场准入条件，确保非公有资本安全有效地进入基础设施、公用事业等投资领域。支持非公有制中小企业的发展，鼓励有条件的企业做大做强。邱国华认为，工商联要发挥特有的"统战、经济、民间"作用，团结、引导、帮助、广大会员单位积极投身南汇的大建设。他告诉记者，结合十六大精神的学习，贯彻执行区"两会"精神是工商联下阶段的主要工作。工商联要帮助广大会员进一步认清发展的大好形势，为南汇经济建设作

更多贡献。邱国华介绍，今年，工商联的发展步子要加快，要抓好凝聚力工程，为非公经济提供市场、法律等多方面的服务和帮助。目前，工商联会员中有7名区人大代表、25名政协委员，今后工商联在政治上还要给与会员更多的关心，让更多的会员有机会为南汇经济发展献计献策。同时，还要积极发挥工商联的经济地位作用，多联系、多沟通，争取在招商引资工作中发挥优势作用。非公经济的发展壮大，为工商联的发展带来了新的机遇，今年，工商联还将吸纳100名新会员。

贯彻"两会"精神

"两会"建言录

代表委员关注南汇经济建设

计厚福、潘明伯等代表建议，面临大开发、大建设形势，要注意以下问题：一是在三个集中过程中，农民的动拆迁住房建设要有相应配套政策和措施，只有这样，才能加快"三个集中"的步伐。二是要提高土地产出率。南汇的土地资源有限，招商过程不能什么项目都要，要有所不为，只有在有所不为中坚持有所为，才能有大作为。要有所选择，选择那些产出高、含金量高的项目。

邱国兴、陈文姝代表听了报告后十分激动，深受鼓舞。在今后工作中，要紧紧围绕本次会议所提出的任务和要求，在如何增强村级经济和农民得实惠上多动脑筋，努力工作。在临港新城

迎　山　交　举
接　外　流　办
新　有　搭　少
挑　青　平　帅
战　山　台　班

◇ 兴办少帅班，交流搭平台。山外有青山，迎接新挑战。

　　南汇区委统战部、工商联为培养第二代优秀社会主义事业建设者，组织、推荐青年企业家参加市非公经济代表人士学习班，参加区举办的"少帅培训班"，使青年企业家认清国际、国内政治经济形势，在市场竞争中迎接挑战。

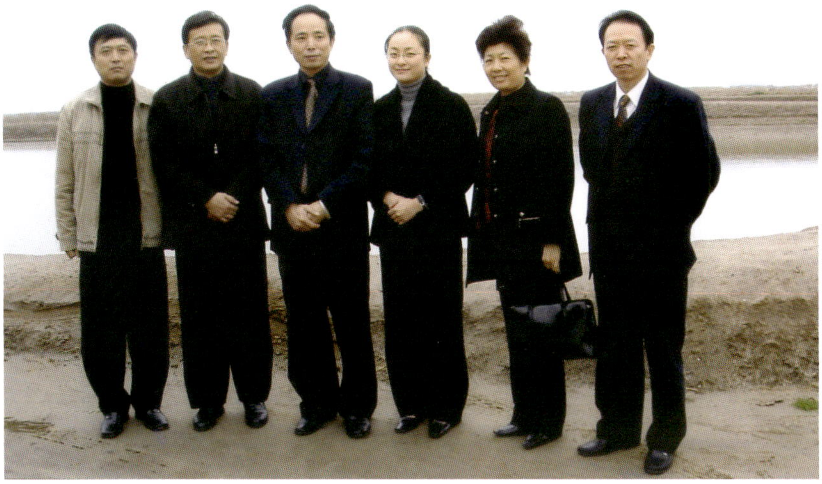

南汇区委常委、政协副主席、统战部长顾建中（左三）、常务副部长周象超（左二）关心青年企业家的成长

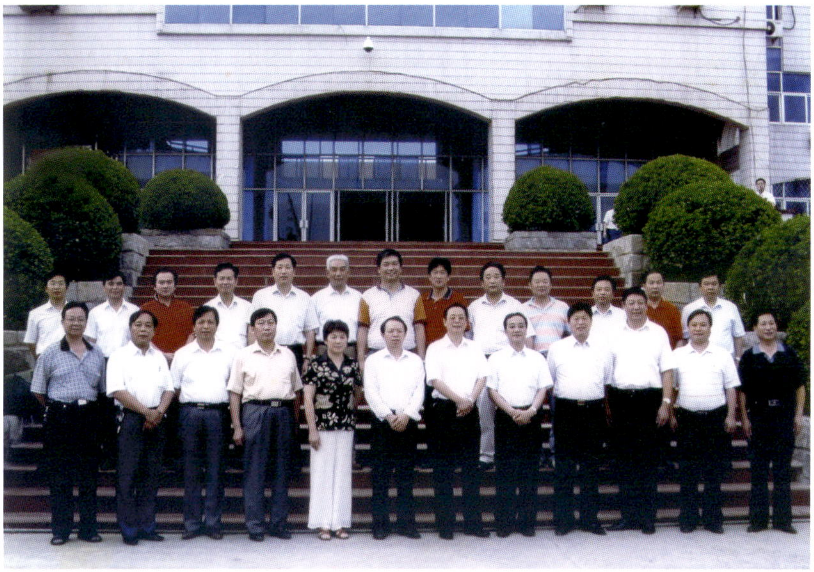

河南永城市委市政府领导接待南汇区工商联民营企业家

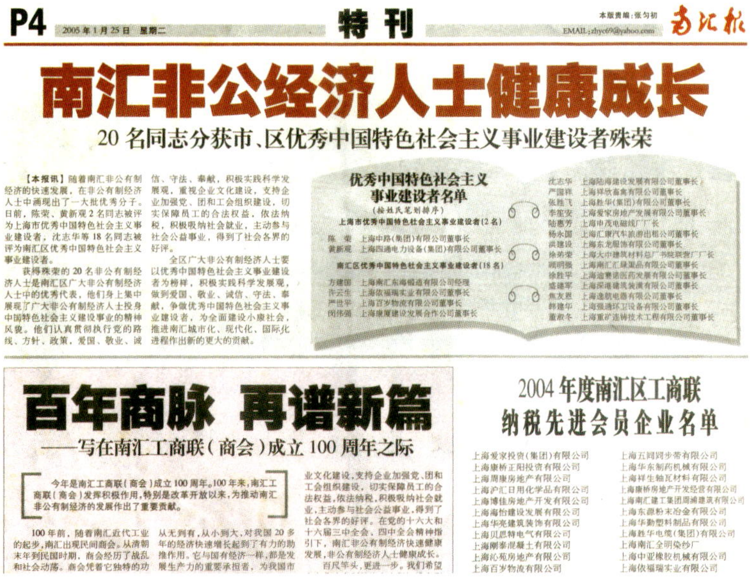

P4 2005年1月25日 星期二 特刊 本版责编：张匀初 EMAIL：zhyc69@yahoo.com 南汇报

南汇非公经济人士健康成长

20名同志分获市、区优秀中国特色社会主义事业建设者殊荣

【本报讯】随着南汇非公有制经济的快速发展，在非公有制经济人士中涌现出了一大批优秀分子。日前，陈荣、黄新观2名同志被评为上海市优秀中国特色社会主义事业建设者，沈志华等18名同志被评为南汇区优秀中国特色社会主义事业建设者。

获得殊荣的20名非公有制经济人士是南汇区广大非公有制经济人士中的优秀代表，他们身上集中展现了广大非公有制经济人士投身中国特色社会主义建设事业的精神风貌。他们认真贯彻执行党的路线、方针、政策，爱国、敬业、诚信、守法、奉献，积极实践科学发展观，重视企业文化建设，支持企业加强党、团和工会组织建设，切实保障员工的合法权益，依法纳税，积极吸纳社会就业，主动参与社会公益事业，得到了社会各界的好评。

全区广大非公有制经济人士要以优秀中国特色社会主义事业建设者为榜样，积极实践科学发展观，做到爱国、敬业、诚信、守法、奉献，争做优秀中国特色社会主义事业建设者，为全面建设小康社会，推进南汇城市化、现代化、国际化进程作出新的更大的贡献。

优秀中国特色社会主义事业建设者名单

（按姓氏笔划排序）

上海市优秀中国特色社会主义事业建设者（2名）

陈荣 上海中路（集团）有限公司董事长
黄新观 上海四通电力设备（集团）有限公司董事长

南汇区优秀中国特色社会主义事业建设者（18名）

方建国 上海南汇东海锻造有限公司经理
许云生 上海依福瑞实业有限公司董事长
严世平 上海百岁物流有限公司董事长
闵伟强 上海康厦建设发展合作公司董事长
沈志华 上海陆海建设发展有限公司董事长
严国祥 上海祥欣畜禽有限公司董事长
张胜飞 上海胜华（集团）有限公司董事长
李雀安 上海爱家房地产发展有限公司董事长
陆惠芳 上海申茂电磁线厂厂长
杨永国 上海汇康汽车旅游出租公司董事长
洪建设 上海东龙服饰有限公司董事长
徐勇荣 上海大中建筑材料总厂书院联营厂厂长
顾明强 上海南汇汇绿蔬品有限公司董事长
徐胜平 上海迪赛诺医药发展有限公司董事长
盛建军 上海深港建筑装潢有限公司董事长
焦友恩 上海逸航电器有限公司董事长
韩建华 上海强通环卫设备有限公司董事长
董叔冬 上海重矿连铸技术工程有限公司董事长

百年商脉 再谱新篇

——写在南汇工商联（商会）成立100周年之际

今年是南汇工商联（商会）成立100周年。100年来，南汇工商联（商会）发挥积极作用，特别是改革开放以来，为推动南汇非公有制经济的发展作出了重要贡献。

100年前，随着南汇近代工业的起步，南汇出现民间商会。从清朝末年到民国时期，商会经历了战乱和社会动荡。商会凭着它独特的功……从无到有，从小到大，对我国20多年的经济快速增长起到了有力的助推作用。它与国有经济一样，都是发展生产力的重要承担者，为我国市……业文化建设，支持企业加强党、团和工会组织建设，切实保障员工的合法权益，依法纳税，积极吸纳社会就业，主动参与社会公益事业，得到了社会各界的好评。在党的十六大和十六届三中全会、四中全会精神指引下，南汇非公有制经济快速健康发展，非公有制经济人士健康成长。

百尺竿头，更进一步。我们希望……

2004年度南汇区工商联纳税先进会员企业名单

上海爱家投资（集团）有限公司
上海康桥正阳投资有限公司
上海周康房地产有限公司
上海沪汇日用化学品有限公司
上海博佳房地产开发有限公司
上海海怡建设发展有限公司
上海华尧建筑装饰有限公司
上海贝思特电气有限公司
上海阐泰混凝土有限公司
上海沁苑房地产有限公司
上海百岁物流有限公司
上海五同同步带有限公司
上海华东制药机械有限公司
上海祥生轴瓦材料有限公司
上海康桥房地产开发经营有限公司
上海南汇建工集团周浦建筑有限公司
上海东源粉末冶金有限公司
上海华勤塑料制品有限公司
上海胜华电缆（集团）有限公司
上海南汇全明染纱厂
上海中亚橡胶机械有限公司
上海依福瑞实业有限公司

開
放
三
十
年

發
展
創
奇
蹟

國
強
民
又
富

隆
重
來
紀
念

◇ 开放三十年，发展创奇绩。国强民又富，隆重来纪念。

中国改革开放 30 年，在党和国家方针政策指引下，在南汇区委区政府领导下，南汇区民营经济得到快速发展，民营企业户数达 30,338 户，税收达 61.76 亿元，就业人数达 313,800 人。

南汇区委统战部、区政协经济委员会、区工商联举办《改革开放三十年——南汇区民营经济发展成果展》，时任中共上海市委常委、统战部长杨晓渡到会做重要讲话。

改革开放三十周年
——南汇区民营经济发展成果展
领导关怀篇

中共中央统战部副部长、全国工商联党组书记、第一副主席全哲洙（中）考察美特斯邦威服饰股份有限公司

时任上海市人大主任龚学平（右二）考察上海祥欣畜禽有限公司

中共上海市委常委、统战部部长杨晓渡视察南汇

时任市人大副主任、市工商联会长任文燕（左三）考察南汇新农村建设

全国工商联副主席、市工商联主席王新奎在聚焦"两港"上海南汇现代化服务业论坛上讲话

中共上海市委统战部副部长、市工商联党组书记李晓东（左三）来南汇调研民营企业

改革开放三十周年
——南汇区民营经济发展成果展
领导关怀篇

中共上海市南汇区委书记戴海波（右三）考察四通电力设备集团有限公司

南汇区区长张建翔（左一）陪同上海市市长韩正一行考察农家乐"书院人家"

南汇区人大主任墨仁义（右三）考察民营企业

南汇区政协主席郭科学（右二）考察民营企业

中共南汇区委副书记张才国在南汇区民营企业少帅培训班上讲话

中共南汇区委常委、区政协副主席、统战部部长陆建中（右二）与民营企业家座谈

南汇区副区长施小琳（右二）主持召开民营企业家座谈会

南汇区民营经济基本情况

近年来，随着社会主义市场经济体制的进一步完善和国家、地方对民营经济支持力度的增强，民营经济发展环境不断改善，南汇民营经济取得了长足的发展。

企业数量：

截止2007年12月，南汇区已有民营企业30338户，较1999年末的3247户增加29091户，年均增长率达到104.3%。

个体户经营

	3247	5224	9098	14080	19098	24030	26204	28649	30338

1978 1998 1999 2000 2001 2002 2003 2004 2005 2006 2007

1999—2007年南汇区民营企业数量（单位：户）

南汇区民营经济基本情况

吸收就业：

截止2007年12月，南汇区民营企业从业人员达到313858人，比1999年37400人增长276458人，年均增长率为92.4%。

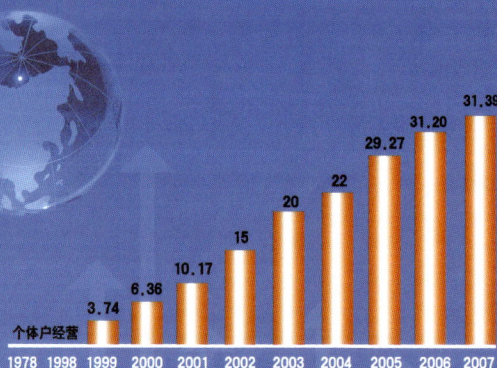

个体户经营

	3.74	6.36	10.17	15	20	22	29.27	31.20	31.39

1978 1998 1999 2000 2001 2002 2003 2004 2005 2006 2007

1999—2007年南汇区民营企业从业人员（单位：万人）

南汇区民营经济基本情况

税收贡献：

截止2007年12月，南汇区民营企业上缴税收61.76亿元，比1999年的1.53亿增长40倍，年均增长达到492.1%。户均年缴税20.35万元，比1999年的户均4.7万元增长332.9%。

个体户经营

	1.53	2.60	4.41	7.63	13.11	19.6	34.45	49.76	61.76

1978 1998 1999 2000 2001 2002 2003 2004 2005 2006 2007

1999—2007年南汇区民营企业上缴税收（单位：亿元）

南汇区民营经济基本情况

企业规模：

截止2007年12月，南汇区民营企业注册资金合计达到458.5亿元，比1999年22.5亿元增长20倍。

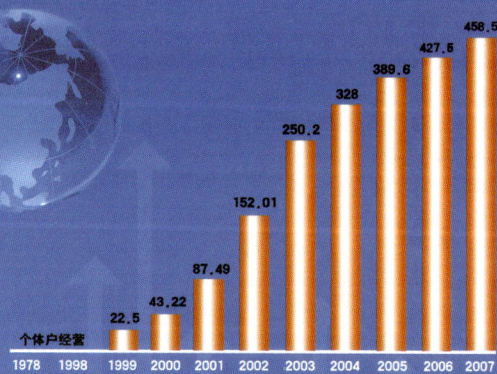

个体户经营

	22.5	43.22	87.49	152.01	250.2	328	389.6	427.5	458.5

1978 1998 1999 2000 2001 2002 2003 2004 2005 2006 2007

1999—2007年南汇民营企业注册资金（单位：亿元）

人生历事求

全国工商联副主席、上海市人大副主任、上海市工商联主席任文燕（右二）考察建设中的临港新城

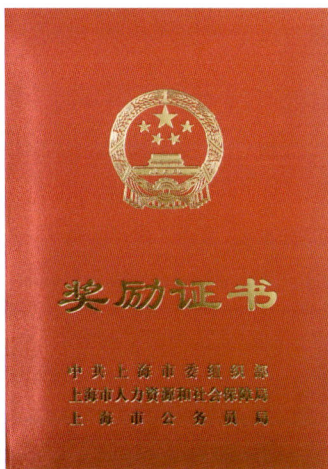

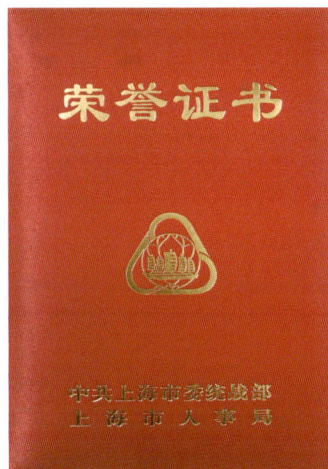

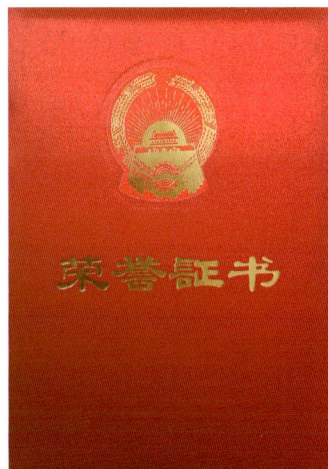

領	方	統	團
導	可	戰	結
力	幹	獲	能
支	大	先	成
持	事	進	事

◇ 领导力支持，方可干大事。统战获先进，团结能成事。

在中共区委、区统战部的领导下，区工商联对区委区政府布置的重点工作、大型活动都顺利完成，自己也被评为"上海市统战工作先进个人"。这也是工商联领导班子成员团结一致、同心同德、共同努力的工作成果。

上海市委统战部副部长、工商联党组书记季晓东（右一）考察南汇民营企业

中共南汇区区委书记陈策（右四）到区工商联调研工作

南汇区政协主席戴群华（左四）、原南汇区副区长郑时芬（右五）带队考察在外省投资的民企

中共南汇区区委副书记周平（左）听取工商联工作汇报

南汇区副区长施小琳（中）听取区工商联工作汇报

由南汇区经济委员会、区工商联、惠南镇主办的"走进惠南城 托起生活港"项目推介会

南汇区工商联留影 2009.8.27

第七章

调整思维 适应大势

——在浦东新区统战部工作时期

大撤行国
区销政家
浦南屄领
东滙域政
新屄並令

◇ 国家颁政令，行政区域并。撤销南汇区，大区浦东新。

2009 年 4 月 24 日，国务院批复《上海市关于撤销南汇区建制将原南汇区行政区域划入浦东新区的请示》。5 月 6 日，在上海市委、市政府领导下，撤并工作拉开序幕。

浦东新区的面积由 518 平方公里增为 1210 平方公里，户籍人口由原来的 194.29 万增为 269.29 万。

中共浦东新区区委常委、统战部长张静（左七），中共南汇区区委常委、统战部长顾建中（右五）与班子人员合影

南汇区统战系统留影　2009.8.27

分	主	幹	機
管	管	部	構
若	變	大	重
干	副	調	調
人	手	動	整

◇ 机构重调整，干部大调动。主管变副手，分管若干人。

　　南汇区并入浦东新区，原南汇区的党委、人大、政府、政协四套班子委办局群团机构全部撤销调整，原南汇区各委办局群众团体的一把手，都在浦东新区担任副手。当时确有一小部分领导有患得患失的思想，但总的都能服从国家战略大局，努力适应工作，高效平稳地完成过渡期。

浦东新区政协副主席戴群华（原南汇区政协主席）（前排左四）与委员们合影

全国工商联副主席孙晓华（中）到浦东新区临港新城考察工作

政	百	規	道
策	姓	劃	路
再	最	重	連
平	歡	佈	縱
衡	迎	局	橫

◇ 政策再平衡，百姓最欢迎。规划重布局，道路连纵横。

南汇区并入浦东新区，各类经济、民生的政策实现全区统一，适度调整促进南北平衡。特别是原南汇区老百姓非常高兴，动迁、养老、教育切身利益保障提高。合并后的浦东新区区委、区政府对大浦东规划重新调整，使道路、河流、工业产业布局、教育文化、城镇区域更科学、更合理。

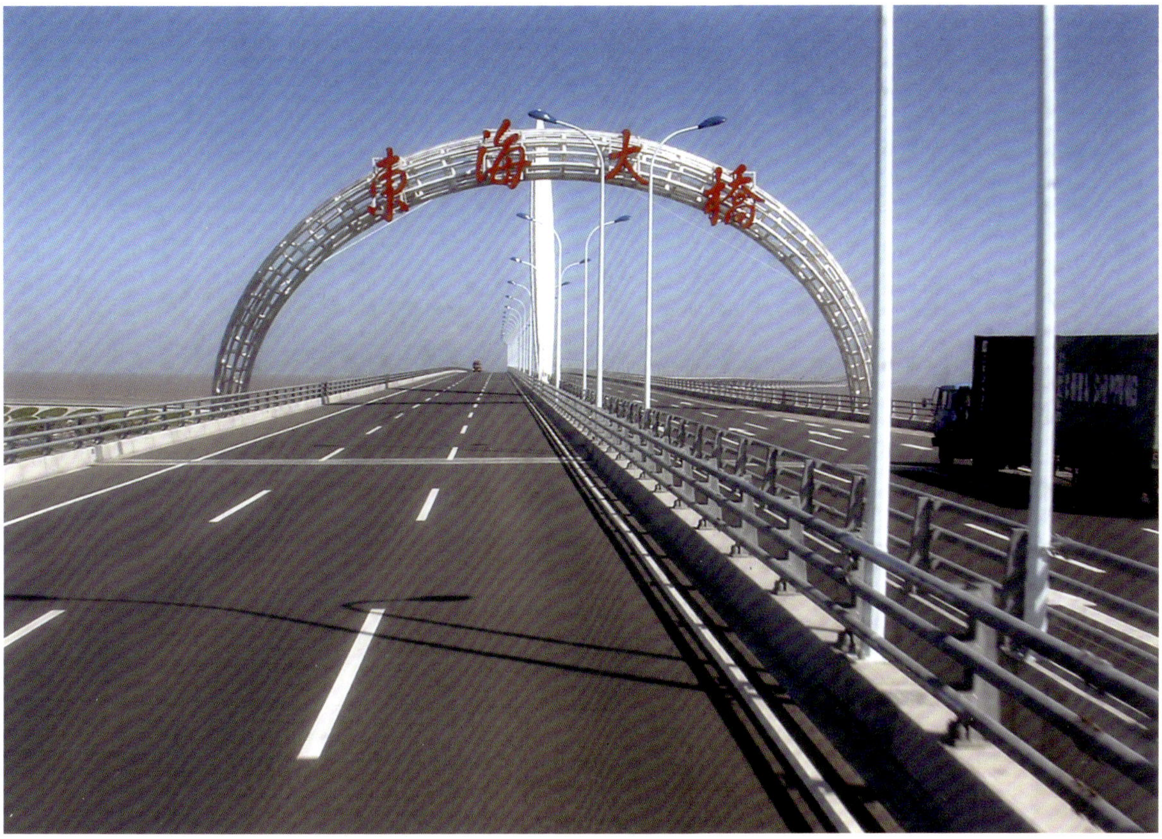
東海大橋

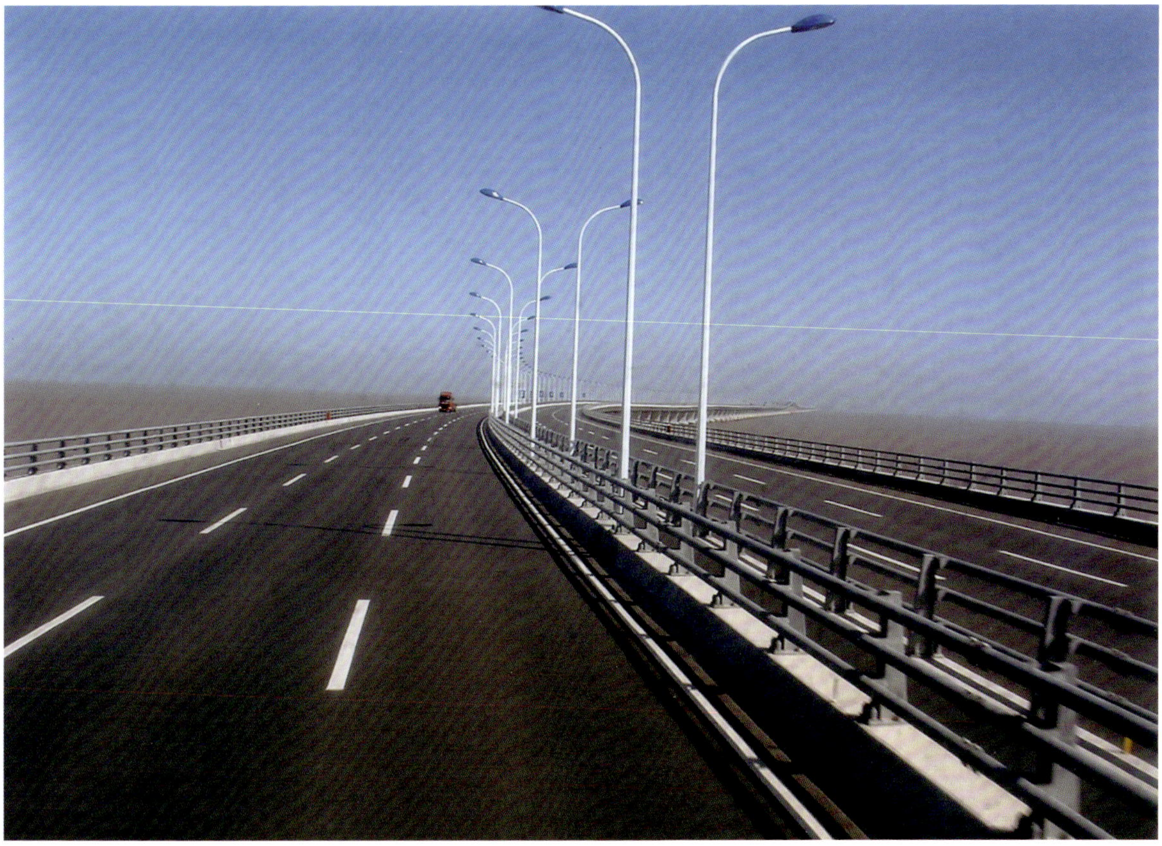

中华人民共和国驻印度共和国特命全
权大使孙玉玺（右）接待上海工商界成员

中共上海市委统战部副部长、工商联
党组书记季晓东（前排右四）率上海市工
商界代表团赴印度经贸考察

书院人家赋

　　浦东临港，东海之滨，此有特色景区，名为书院人家。山不在高，水不在深，方圆百亩，名闻沪上。千禧之年，顺应规划，海怡味国、倾情创立。

　　朝霞暮霭，风光怡人，云碧地绿，树木葱茏，晓雾啼莺，喜鹊临枝，鸟语花香，沁脾氧吧。

　　农家客栈，黛瓦粉墙，错落有致，明清格调，青砖铺路，拴马石椿。旅客书隅，藏书万册，天文地理，博览古今，远离喧嚣，养心禅茶。亭阁长廊，诗情画意，桃柳相映，园林曲径，横匾诗联，富有哲理。

　　小桥流水，江南春色，环桥倒映，半湾明月。河道驳岸，太湖石叠，台痕阶绿，草色帘青。水澈蕴兰，鱼饮潜游，君来兴致，临河垂钓。

　　书院餐饮，玉盘珍馐，野菇海鲜，回味无穷。乡村传茶，农家小碟，香脆锅巴，任尔品尝。"人生得意须尽欢，莫使金樽空对月。"

　　书院乐堂，黄钟大器，天下妙手，十指如雨，情侣相伴，鸾歌凤舞。

　　书院人家如郊野之小村兮。人生如此一游，如痴如醉，如禅如仙，客人何须舍近求远兮？

第八章

正确定位 乐中有为

——在浦东新区金桥镇工作时期

再	監	工	依
次	督	作	法
下	為	圍	履
基	己	中	職
層	任	心	能

◇ 再次下基层，监督为己任。工作围中心，依法履职能。

从浦东新区区委统战部调到浦东新区金桥镇，任人大主席。根据人大这项新工作、新要求，认真学习中华人民共和国地方人大工作法律，围绕经济管理、社会管理、民生工作，依法履责。

2015 年夏，浦东新区统战部副部长，侨、台、宗教办主任钟翟伟（右）参加金桥镇艺术节活动

金桥镇机关工作大楼

錚	座	胸	社
錚	談	中	區
話	聽	裝	調
語	民	民	研
聲	意	生	深

◇ 社区调研深，胸中装民生。座谈听民意，铮铮话语声。

　　密切联系群众，深入村、居、社区开展调查研究工作，金桥镇人大通过座谈、走访、信访等方式听取人民群众的意见，做到"群众利益无小事"，把群众意见转交给政府，然后一件一件监督落实，充分发挥基层人大的作用。

上海市人大常委会主任殷一璀（右二）在金桥镇视察

2010年，浦东企联先进表彰大会

督	信	檢	視
辦	訪	質	察
化	聽	與	鎮
紏	民	推	工
紛	訴	進	程

◇视察镇工程，检质与推进。信访听民诉，督办化纠纷。

　　镇人大组织本镇的区、镇人大代表视察镇政府实事工程，监察工程质量，促进工程进度，推进各项实事工程高质量完成。参加镇信访接待工作，根据不同的事情进行分析、解说，督促责任部门化解问题，为一方平安、社会和谐认真履行监督职能。

浦东新区金桥镇党委书记钟翟伟（右二）、镇长钱敏华（右一）现场处理人大代表意见

浦东新区金桥镇党委书记王志荣（左三）参加镇人大组织的城区卫生检查

区镇人大代表热烈讨论《政府工作报告》

民 督 履 代

以 查 職 表

食 百 昇 學

為 商 能 法

天 企 力 律

◇ 代表学法律，履职升能力。督查百商企，民以食为天。

随着社会的发展，根据时代的要求，镇人大与时俱进。镇人大组织代表学习法律法规，改进基层人大的工作方式，熟悉法律法规，及时掌握社会信息，这样才能更好地履职，发挥人大代表的重要监督职能。

浦东新区金桥镇人大代
表培训班

浦东新区金桥镇人大代
表听取专家授课

浦东新区金桥镇人大
组织部分区镇人大代表检
查食品行业

朗	進	打	中
朗	入	虎	央
乾	新	拍	領
坤	常	蒼	導
清	態	蠅	新

◇中央领导新，打虎拍"苍蝇"。进入新常态，朗朗乾坤清。

以习近平总书记为核心的党中央，举旗定向，运筹帷幄，以巨大的政治勇气和强烈的责任担当，开展反腐倡廉，打"老虎"拍"苍蝇"，社会各方体制、机制发生重大变化，社会风气发生根本性的转变。

億	實	真	領
萬	現	心	袖
民	中	爲	習
慶	國	人	近
幸	夢	民	平

◇ 领袖习近平，真心为人民。实现中国梦，亿万民庆幸。

实践证明：我们的党和政府始终把人民放在最高位置，真心为人民服务，这真是人民的福气。中国人民一定能实现中华民族伟大的复兴梦。

☭ 八项规定

○ 要改进调查研究，到基层调研要深入了解真实情况，总结经验，研究问题，解决困难，指导工作，向群众学习，向实践学习，多同群众座谈，多同干部谈心，多商量讨论，多解剖典型，多到困难和矛盾集中、群众意见多的地方去，切忌走过场、搞形式主义；要轻车简从、减少陪同、简化接待，不张贴悬挂标语横幅，不安排群众迎送，不铺设迎宾地毯，不摆放花草，不安排宴请。

○ 要精简会议活动，切实改进会风，严格控制以中央名义召开的各类全国性会议和举行的重大活动，不开泛泛部署工作和提要求的会，未经中央批准一律不出席各类剪彩、奠基活动和庆祝会、纪念会、表彰会、博览会、研讨会及各类论坛；提高会议实效，开短会、讲短话，力戒空话、套话。

○ 要精简文件简报，切实改进文风，没有实质内容、可发可不发的文件，简报一律不发。

○ 要规范出访活动，从外交工作大局需要出发合理安排出访活动，严格控制出访随行人员，严格按照规定乘坐交通工具，一般不安排中资机构、华侨华人、留学生代表等到机场迎送。

○ 要改进警卫工作，坚持有利于联系群众的原则，减少交通管制，一般情况下不得封路、不清场闭馆。

○ 要改进新闻报道，中央政治局同志出席会议和活动应根据工作需要、新闻价值、社会效果决定是否报道，进一步压缩报道的数量、字数、时长。

○ 要严格文稿发表，除中央统一安排外，个人不公开出版著作、讲话单行本，不发贺信、贺电，不题词、题字。

○ 要厉行勤俭节约，严格遵守廉洁从政有关规定，严格执行住房、车辆配备等有关工作和生活待遇的规定。

☭ 六项禁令

○ 严禁用公款搞相互走访、送礼、宴请等拜年活动。各地各部门要大力精简各种茶话会、联欢会，严格控制年终评比达标表彰活动，单位之间不搞节日慰问活动，未经批准不得举办各类节日庆典活动。上下级之间、部门之间、单位之间，单位内部一律不准用公款送礼、宴请。各地都不准到省、市机关所在地举办乡情恳谈会、茶话会、团拜会等活动，已有安排的，必须取消。各级党政干部一律不准接受下属单位安排的宴请，未经批准不准参与下属单位的节日庆典活动。

○ 严禁向上级部门赠送土特产。各地各部门各单位一律不准以任何理由和形式向上级部门赠送土特产，包括各种提货券。各级党政干部不得以任何理由，包括基层调研等收受下属单位赠送的土特产和提货券。各级党政机关要严格纪律要求，加强管理，杜绝在机关收受和分发土特产的情况发生。

○ 严禁违反规定收送礼品、礼金、有价证券、支付凭证和商业预付卡。各级领导干部一定要严格把关，严于律己。要坚决拒收可能影响公正执行公务的礼品、礼金、有价证券、支付凭证和商业预付卡。严禁利用婚丧嫁娶等事宜借机敛财。

○ 严禁滥发钱物，讲排场、比阔气、搞铺张浪费。各地各部门不准以各种名义年终突击花钱和滥发津贴、补贴、奖金和实物；不准违反规定印制、发售、购买和使用各种代币购物券（卡）；不准借用各种名义组织和参与用公款支付的高消费娱乐、健身活动；不准用公款组织游山玩水，安排私人度假旅游、出国（境）旅游等活动；不准违反规定使用公车，在节日期间公车私用。

○ 严禁超标准接待。领导干部到基层调研、参加会议、检查工作等，要严格按照中央和省委的有关要求执行。

○ 严禁组织和参与赌博活动。各级党员干部一定要充分认识赌博的严重危害性，决不组织和参与任何形式的赌博活动。

鄉	榮	頤	卸
愁	辱	養	職
情	似	享	歸
萬	雲	天	故
千	煙	年	里

◇ 卸职归故里，颐养享天年。荣辱似云烟，乡愁情万千。

　　岁达甲子，卸职返乡，"采菊东篱下，悠然见南山"，读经典，游名山，练书法，打太极，与家人享受天伦之乐。历经沧桑，已是过眼云烟，唯有乡愁"天凉好个秋"这个壮美暮色难以忘怀。

急 學 徵 反

功 淺 逮 省

亦 近 多 從

有 視 坎 政

過 野 坷 路

◇反省从政路，征途多坎坷。学浅近视野，急功亦有过。

"人非圣贤，孰能无过。"由于自己学识浅薄，视野狭窄，经验不足，做事、思考问题不能从哲理的角度、历史的深度来分析事物，有些事也急功近利，重开发、轻管理，追求一时效益而顾此失彼。

中共上海市文联党组书记尤存（左七）参加浦东新区人民代表大会金桥代表团活动

口	磊	感	人
碑	落	恩	生
民	当	好	有
自	公	时	所
传	仆	代	为

◇人生有所为，感恩好时代。磊落当公仆，口碑民自传。

回顾人的一生，要想有所作为，离不开"天时、地利、人和"，还得感恩伟大的中国共产党，感恩伟大的改革开放这个时代，感恩养育我们的父老乡亲。一生无怨无悔、光明磊落当公务员，在地方有老百姓一个善意的口碑，人生已足矣！

浦东新区区委领导与人大干部合影

2013.7.9

抓紧浦东开发，不要动摇，一直到建成。

中共浦东新区区委党校第九期街镇干部（人大主席、副主席）专题培训班合影留念

2012.05.22-05.24

抓紧浦东开发，

浦东新区金桥镇第四届人民代表大会第一次会议

对浦东新区无证幼儿园八大隐患的调研

执笔：邱国华　顾琳

此调研报告得到区委主要领导区人大主要领导批示，给予高度肯定，也引起上海市教育局高度重视，并出台了一系列相关的政策措施。

在浦东新区经济社会的快速发展中，大批外来务工人员做出了贡献，是我区工业化、城市化建设进程中不可缺少的劳动力资源。据统计，我区现有外来人口达 170 万人。但是大量的外来人口进入，也带来一系列的社会问题，在今年 6 月，金桥镇人大、川沙新镇人大、北蔡镇人大、高东镇人大、高桥镇人大、高行镇人大、曹路镇人大联合对外来务工者子女幼儿园的情况（以下简称"无证幼儿园"）进行了调研，发现无证幼儿园问题成为浦东新区的一个突出的社会问题。具体调研情况如下：

一、无证幼儿园的基本情况

（一）无证幼儿园产生的原因

一是外来幼儿寄托教育有市场需求。浦东开发开放 20 年来，大量外来人员涌入，据统计，2009 年外来人口达 169.5 万，外来人口出生数达 18,600 多人。不少外来务工者在浦东成家立业，或全家迁入浦东，他们大多从事着苦、累、险等工作，工作条件差，工作时间长，希望其幼小子女能得到应有的带领、照顾和教育，外来幼儿寄托教育形成了很大的市场需求。

二是公立幼儿园不接收外来幼儿。一方面外来务工者子女入园不列入政府教育规划中，另一方面随着人口出生高峰的到来和外来务工者的大量涌入，引发了幼儿学前教育的需求剧增和资源紧缺的矛盾，因此当地公办幼儿园无力接收外来务工者子女入园。外来务工者子女难入公立幼儿园已成为一个突出的社会问题，在这种情况下，一些无证幼儿园应运而生。

三是有证的私立幼儿园门槛高。有证、规范的民办私立幼儿园条件优越，以盈利为目的，故收费昂贵，这对于收入较低的外来务工者来说是望尘莫及的。而无证幼儿园大多位于外来务工者聚居区，条件简陋，但收费低廉，接送方便，能满足外来务工者寄托幼儿的实际需求。

（二）无证幼儿园的现状

街镇	无证幼儿园数量	幼儿数量	教职工数量	安全	卫生	环境
金桥镇	11 所	1044 人	52 人	较差	较差	较差
川沙新镇	32 所	2357 人	160 人	较差	较差	较差
北蔡镇	5 所	418 人	25 人	较差	较差	较差
高东镇	20 所	1388 人	96 人	较差	较差	较差
高桥镇	24 所	1526 人	112 人	较差	较差	较差
高行镇	12 所	1200 人	50 人	较差	较差	较差
曹路镇	38 所	3751 人	没统计	较差	较差	较差

1．从分布情况来看，目前我区无证幼儿园主要分布在外来人口租住较集中的农村、城郊结合部和工业开发区附近，一般租用私人住宅为办学场所。

2．从数量规模来看，招收的幼儿年龄多为 3 岁至 7 岁，人数多的有 327 人，最少的也有 30 多人，一般为幼儿提供午饭、午休，已经形成了一定的规模。

3．从教职人员来看，无证幼儿园办学人员以外来人员居多，约占 80%～90%，他们在幼儿园附近定居，靠经营无证幼儿园为生；其中除极少一部分毕业于幼教专业，大多都没有受过专业学习培训，也没有保教及管理经验。更为严峻的是，绝大多数工作人员没有健康证。

4．从经营行为来看，无证幼儿园都未经教育主管部门审批，不具备合法办学资质，却公开招收学生，大部分以向学生收取费用的形式赢利，收费标准一般在每生每月 200～300 元。

二、无证幼儿园存在的八大隐患

（一）社会治安的隐患。在调研中我们发现，多数无证幼儿园在安全保卫方面无人防、无物防、无技防，根本不具备安全保障功能。幼儿大多没有足够安全的活动空间，这些无证幼儿园只有一个出入口，又不属于公安派出所社区治安保卫范围，也没有任何方面的应急预案，教职工和幼儿均无自救自护能力。而这些教职工中不少是中年妇女或退休人员，行动迟缓，防范意识又差，一旦发生入园行凶、拐骗幼儿等事件，后果不堪设想。

（二）消防安全的隐患。未制定消防安全管理制度，没有应急预案。大多没有消防疏散通道和安全出口，在门窗上堆放了影响逃生和灭火救援的障碍物，造成消防及安全通道无保障。普遍存在火灾和触电的安全隐患，幼儿上课玩耍就在煤气罐和液化气灶具的旁边；电路电线老化，电线凌乱裸露，插座低，存在幼儿触电危险。消防器材即便配备，也是年久失修失效的不达标设施。

（三）食品安全的隐患。大多利用现有的家庭厨房，没有真正意义上的幼儿食堂，均不具备卫生许可证。厨房卫生条件极差，无防蝇防鼠防尘设施，无饮水、消毒等基本保育生活措施，生熟食品混放，没有专门的清洗、消毒区域，碗筷不消毒，存在交叉感染的风险，无合理的营养膳食配餐标准，多从非正规、不固定的渠道采购食材原辅料，没有采购记录。大多办学点没有专职保育员、炊事员，进行食物制作的工作人员没有参加健康体检，均属无证上岗。

（四）交通安全的隐患。部分无证幼儿园紧靠马路街道，幼儿入园或放学，或到室外活动时，教室门一开就面对数量多、速度快的来往车辆，周围又没有限速禁令标牌，家长和幼儿稍有麻痹大意，就有可能发生交通事故，交通安全隐患极大。

（五）卫生防疫的隐患。教职工几乎都没有健康证明，没有建立传染病报告制度及报告登记本。对幼儿不进行晨检，没有全日健康观察制度，也不进行传染病病愈返校情况管理。大多数幼儿园消毒设施不全，幼儿毛巾、生活用具、饮食用具的消毒情况不符合要求，一旦流感、手足口病或疫情发生，势必会出现大量感染的事故。

（六）身心健康的隐患。这些幼儿园都是无证、无资质办学，缺乏规范管理意识、消防交通安全意识以及卫生保健意识，幼儿长期生活在硬件设施陈旧简陋、场地狭窄、通风条件差的环境中。幼儿活动空间很小，最小的仅 0.46 平方米／人，缺乏户外锻炼和运动的机会，只能被关在拥挤脏乱的教室内，通过铁栏杆和窗户张望外面的世界，这都影响着幼儿身心的健康和人格的健全发展。

（七）房屋抗震的隐患。少数建在农村和城郊结合部的无证幼儿园租用的是征而未拆的民房，甚至是已列入拆除范围的危房，房屋建筑工程质量根本不符合办学要求，而且现在已进入夏季，遇到强台风和大暴雨天气，或难以预测的地震，随时都有倒塌的危险。

（八）教育质量的隐患。无证幼儿园的老师普遍学历低、素质不高，大多没有受过正规的幼儿师范教育和培训，缺乏幼儿教育必备的知识和能力，有的教职工连普通话都不标准，缺乏科学的管理措施，对幼儿只能实行保姆式的看管。大部分无证幼儿园不按年龄、规定人数编班，不按编制规定配备保教人员，也缺少电教设备和玩具，尤其是用于教育研究、师资培训、教育活动的经费严重不足，影响幼儿教学质量。

三、对策和建议

"对外开放"是浦东的城市特色，"有教无类"是中华民族的优良传统。数百万外来人口和上万外来幼儿、儿童是新上海人的组成部分，也是上海当前和以后发展中的重要力量。对上百所无证幼儿园存在的突出问题和严重隐患，各级政府和教育部门应予以高度重视，为此提出五项建议：

（一）明确对无证幼儿园的管理主体。幼儿教育是教育体系中不可缺少的组成部分。

根据中华人民共和国国家教育委员会第 25 号令《幼儿园工作规程》与《幼儿园管理条例》，以及上海市人民政府颁发的《上海市幼儿园管理办法》，我们建议应由新区教育局牵头负责，明确具体管理办法，按照以外来实际人口比例来审批外来幼儿办学点为主，以适当降低外来幼儿入民办私立幼儿园的门槛及费用为辅的方法，把外来务工者的学龄前子女纳入教育局管辖体系中。各街道、镇政府应予以配合协助，做好相关的服务、指导工作。

（二）坚决取缔安全隐患严重的无证幼儿园。对管理混乱、在危房中办学、无室外活动场所、存在严重安全隐患又整改不力的无证幼儿园应立即叫停，公安、教育、卫生等相关部门要联合执法，坚决予以取缔、关闭。

（三）指导符合基本条件的无证幼儿园。对基本具备办园条件、具有一定规模和较好办学效益的无证幼儿园，给予适当的政策扶持，加强管理和指导，帮助其解决困难，尽快达标，成为合法合格的幼儿教育机构，从而在一定程度上合理分流生源，采取疏导结合的措施解决无证幼儿园问题。

（四）把无证幼儿园纳入公安治安保卫的范围。制订治安保卫工作计划，做好对外来幼儿办学点治安保卫工作的指导、监督、管理。配强力量，加强对各外来幼儿办学点周边地区的治安巡逻以及出租房流动人口的管理，在治安情况复杂的地区设置治安岗亭或报警点，及时接处警。准确掌握、及时反馈不安定信息，严防危及幼儿身体和生命安全的事件发生。

（五）把外来务工者子女纳入我区计划免疫体制内。各地段医院与合格的外来幼儿办学点挂钩，指导教职工做好幼儿入园的晨检观察工作、定期为幼儿接种疫苗、检查身体，进行卫生知识的传达和讲解，帮助培养良好的卫生习惯，保障幼儿健康成长。

外来务工者子女幼教问题是浦东新区的特殊社会问题，涉及民生权利，影响到和谐稳定。我们各级政府必须引起高度重视，不回避矛盾，勇于解决困难，及时采取有效的措施，因地制宜，疏导结合，妥善处理好外来幼儿学前教育问题，为外来务工者的孩子创造一个较好的教育环境，让他们能在一个安全、规范、健康的环境中茁壮成长。

（金桥镇人大、川沙新镇人大、北蔡镇人大、高东镇人大、高桥镇人大、高行镇人大、曹路镇人大）

风雨沧桑社庄庙

滚滚浦江潮，滔滔东海浪。在这千年之间，泥沙堆积上千平方公里的沧海桑田，这块冲积的大平原，人们称之为"浦东"。在这块土地上，有来自天南海北的渔民、农民、灾民，他们在这里代代繁衍生活，艰辛劳动，形成了"夜夜风帆逐浪头，白云低处有沙洲。人家半住鱼虾市，茅屋芦花万点秋"的景色。

在这块年轻而古老的土地上，有多少悲壮、可泣的动人故事传说……

一、凄美悲壮的传说

相传明朝永乐年间，松江府有户姓金的人家，第三个儿子名叫金三，此人忠厚聪明能干，是一名官府负责押送粮食的把总职位的小军官。

这一年江南正遇水灾，农田颗粒无收，到处都是乞讨的灾民，真是"路有饿死骨"的惨象。八月间，金三奉命押运官粮到应天府（今南京）去，当数十条粮船行到张家浜河边村庄处小憩时，见俊秀美丽而面黄肌瘦的年轻母女俩在河边洗野菜。善良的金三掏了一小袋米送给母女，母女磕头拜谢时，附近许多灾民见之蜂拥而至，跪地不起，金三令卫士一一施之。但人越来越多，附近的渔民把几十条粮船都堵住了。粮船无法前行，事态发展到数百人提出向船队借粮。士兵们拔出了腰刀，呈现着剑拔弩张的态势，金三想这事糟了，弄不好要出大事，果断喝退士兵，制止事态扩大。在这种僵持情况下，金三对饥民们说："这是官粮，不能擅动。我派人去向府上申报以后，再做定论。"三四天后，饥民有的倒在地上，哭声哀求声不断。饥民越来越多，急切盼望能得到粮食，以免活活饿死。

数天过去，府上杳无音信，饥民是"若要饿煞，宁可犯法"，一些胆大灾民开始骚动起来。在这生死攸关的时刻，金三仰天长叹："为救苍生，也顾不得天条了！"把数十条船上的粮食全部分光。金三与十几个官兵挤到最后一条粮船上，但是，还有没分到粮食的灾民跪拜不起。金三见眼前情景，眼圈也湿润了，他擦去泪水，把手一挥："这是最后一船，就分给百姓们做种粮吧。"灾民得到了粮食，绝处逢生，重振家业，抗旱种田。

当年秋后，应天府不见金三押粮到来，发出公文，派专人追查知府，知府怪罪金三，金三早做好了准备，写了一封奏折上报朝廷，说明缘由，独挡罪责。十月十五，金三在押粮船出事现场张家浜跳河自尽。

百姓闻噩耗后，家家男女老少号啕大哭，然后各家在同一地方，用不同方法纪念这位救命恩人。有诗云：

官位不论大与小，看你好事做多少。

擅施官粮救百姓，千秋敬仰祭英豪。

浦东百姓年年此时烧香磕头，总是盼望五谷丰登的年份，希冀着"金三"这样以民生至上的官员。

二、明清时期的社庄庙

金三壮士放粮救灾民的故事，愈传愈广，愈传愈神，尤其留下一船赠予灾民的种粮，经灾民播种后，年年风调雨顺，获得好收成。后来有位乡绅听到这事后，建议建一座小庙来纪念"金三老爷"。

当初建了占地 1 亩余，三埭茅房约 600 平方米的简陋庙堂。从此就有固定化缘纪念的场所。后在康熙十六年，即 1677 年，清政府为防洪灾，下令开凿、拓宽张家浜，纳黄浦江水。当时乡绅借机扩建翻造社庄庙，四周开挖庙河，10 米多宽 2 米多深，东南并建一座小石桥（即青龙桥），并于每年农历七月十五举行纪念活动。

三、民国时期的社庄庙

民国时期,社庄庙隶属上海县陆行乡。当初附近村宅:张家门、顾家门、杨家宅、李家宅、丁家宅、周家宅等村民出资，经过多次翻修装饰后，社庄庙殿宇巍峨,气势恢宏,远近闻名。庙四周张家宅、李家宅、金家宅都开设店铺，有肉庄、布庄、烟纸店等，平时香客络绎不绝。家在洋泾的一位乡绅出资修了一条 2 米宽的石阶路，专程供其姨太太和乡民到社庄庙进香祈福。民国二十四年（1935 年）四月四日的一次盛大庙会，浦东、浦西的许多企业、商店停工停产，专程为职工家属前往社庄庙进香，约数万香客，盛况空前。当时，上海最有名的中国第一帮主杜月笙也赠上庙匾。

后因日本帝国主义入侵中国上海，对上海进行轰炸，造成民不聊生，社庄庙就此开始萧条冷落。

四、解放后"文革"时期的社庄庙

解放初，由于受战火的影响，庙宇破旧、衰败，香客稀少，庙里也仅有 2～3 人管理。后部分庙产改作社庄小学。后用作生产队仓库。

"文化大革命"开始，部分造反派对庙宇的雕梁画栋实施毁坏，砸毁庙堂内的各类神像。据说有个绰号"白脚猫"的造反派，带头砸坏庙匾，敲掉神像头颅，神头塑像砸在他身上，由于受到惊吓，不久病重，卧床不起。不知是神灵有眼，还是一种巧合，用百姓的俗语来说，就是"信者则有，不信则无"。"文革"期间只有社庄庙之名，没有神像、古迹等宗教文化的遗物。

五、现在的社庄庙

1978 年 12 月，中共十一届三中全会后，党和政府重新落实宗教政策，归还庙产，落实管理人员，社庄庙作为浦东新区钦赐仰殿的分庙。同时随着浦东经济快速发展和人民群众生活水平的提高，社庄庙信徒越来越多，香火越来越旺。

当今社庄庙，位于浦东新区金桥镇社庄五队（锦绣东路，红枫路附近），占地约3亩，建筑面积约2000平方米。2003年9月，经过千名信徒捐款捐物，重新整修社庄庙，使庙宇焕然一新，金碧辉煌，神像增多，设施齐全。远远望去，黑瓦红墙，古色古香，庙宇正面上下四层，气势恢宏，飞檐峭壁。

大门两侧，有当地绅士书写的楹联"做个好人 心正身安魂梦稳，行些善事 天知地鉴鬼神钦"（蓝底金字）。

大门上方，是"社庄庙"三个金色大字。边门两则楹联"刻薄成家难免儿孙浪费，奸淫造孽焉能妻女贞洁"（黑底金字）。大门左右，有一对历经百年风雨石质斑驳的雄狮把守。

二楼中央楹联"步进山门莫忘二字虔诚，奉敬神明务须一心慈仁"（蓝底金字）。

四楼（顶楼）中间，"藏宝阁"（黑底金字）。

进入山门，就见两米多高的"王灵官"手握金鞭、威武雄壮的金粉塑像。"王灵官"是主事纠察天上、人间功过、惩恶扬善，为道教的护法神，镇守山门。

在其他殿，还有"三官"，即"天官、地官、水官"，职司为天官赐福，地官赦罪，水官解厄。这都是道教最先奉祀的神团。

再有"斗姆神"，又名紫光夫人，生育九子，是道教和信徒的多子多福的智慧女神。东楼有暮鼓，西楼有晨钟，四合院内长年香客不断，香烟缭绕，经声朗朗。

社庄庙内大殿正北中央，红底金字"玉佛大神"巨匾悬挂。身披赤罗衣，头戴梁冠，慈眉善目的金老爷端坐正殿。他在浦东百万信徒心中，普救众生，大爱大善，心怀民生，如同关老爷、岳老爷一样位尊而受人敬仰。

当今的社庄庙是一座具有600年悠久历史的道教场所，是信徒朝拜、秋醮社祭、丧死患病、跋祀镇邪、超度亡灵或求子求福的场所，更是浦东新区宗教文化的历史古迹，是金桥镇重要的人文景观，是中外游客的游览胜地。

（本文发表于《浦东文史》）

一双棉鞋

人生中总有这么一件小事，使我抱憾终生，一想起来，内心就感到深深的愧疚。

那年重阳节，按传统习惯，我们镇班子成员要拜访"老干部"。老张是抗美援朝的英雄，是县民政局的原局长，也是我的忘年交。

我走进老张家，递上慰问品，老张倒茶递烟，热情接待着我。

"老张，身体怎么样？家庭有什么困难吗？您老有事直接找我，我的电话您老有的。"我习惯性问一些问题。"没什么，身体就是一双脚老毛病。"他说。

我是发觉老张身体比往年不一样，走路有些颤颤抖抖的。人老先老脚，是有道理的。"老张您坐，您坐。"我扶他坐下。他说："小邱，我希望党委政府要把就业问题放在议事日程上面，一些失地的农民四五十岁就没事干，常常搓麻将，这样不行啊……"他还以小区的几户家庭的实际情况举例。

"您老总是想着群众的事，三句不离您原民政局工作的本行啊，您自己有什么要求吗？"

老张自己按摩着双腿，说："你帮我买双棉底的棉鞋吧，一定要棉底的。"

"小事，小事！我镇里的福利鞋厂，就是您帮助创办的，在福利政策上，残疾人招工方面您做了大量的工作。我们不能喝水忘了掘井人啊，我下次帮您带几双来。"

一晃就临近春节了，镇里年终特别忙，招商开发、社会稳定、资金统筹等工作忙个不停，所以我把老张买棉鞋的事情遗忘了。

大约腊月二十六的早晨，办公室电话铃响了，是居委干部小刘来电，告知："民政局原局长老张昨晚走了。"

我听后一阵心酸，回忆起他曾在抗美援朝的故事，他们的连队接到上级命令，当夜急行军赶上百里路，鞋走烂了，最后赤着脚赶山路，到达目的地时，大脚趾都露出了白兮兮的脚趾骨……电话铃声打断了我的回忆。

在老张大殓的一天，我把一双棉鞋放在他的灵柩上，悲伤的泪水夺眶而出，喊着："老张一路走好！一路走好！"

就是一双棉鞋，我没有完成老张生前的愿望，而成为一件难忘的憾事。

（本文曾刊登于报纸《今日金桥》）

金桥赋

浦东金桥，闻名遐迩，开发开放，先进制造，出口示范，经济发达，中外客商，会聚一方，社会和谐，人民安康。

天宝元年，金桥成陆，隶属华亭。宣统二年，金桥张桥、各设市镇。公元两千，撤二建一。镇域河流，江南特色，两岸青青张家浜、水流幽幽马家浜、波光粼粼曹家沟。陆上交通，道路纵横，杨高上川金海路，申江锦绣地铁道。人口十万，富庶城镇，二五点三，平方公里。

人文金桥，文士辈出。先贤赵文哲，钦赐举人，习研经史，诗赋留传；举人陆锡熊，授命总校《永乐大典》《旧五代史》。

革命英烈，后人缅怀。大英雄瞿白，弃医从戎，抗日救亡，血洒疆场；烈士张晓初，创刊红报，宣传革命，遭敌暗杀；勇士杨大雄，作战英勇，冲锋陷阵，马革裹尸。

革命干部倪鸿福，一生情系老百姓，人民公仆，群众爱戴；科技精英龚祖同，研发天文望远镜，光学事业，献身国防。浦东金桥，英雄辈出，群星闪烁，照耀后人。

金桥古今，日新月异。古代金桥，传统商铺，粮食米店，肉庄鱼行，竹器木行，油车糟坊；现代金桥，商品丰富，农用物资，日用百货，中西药品，宾馆酒家。改革开放，金桥发达，政策优惠，招引客商，世界百强，落户金桥。卜蜂莲花百安居，国际茶城家乐福，经济发展镇昌盛，财力八亿惠民生。

宜居金桥，服务配套。碧云别墅，翠色欲流，碧云花苑，云蒸霞蔚，不是欧洲，胜似欧洲。阳光社区，金桥新城，城市家园，金葵小区，生活安定，管理有序。金桥家园，鸟语花香，绿色生态，环境美丽，邻里关系，和睦友好，文明礼貌，安居乐业。

金桥教育，中小学校，民办公办，任尔挑选。附近医院，专业一流，方便百姓，综合就医。文化体育，设施齐全，文体中心，应有尽有。休闲中心，便民利民，生活乐园，百姓欢迎。金桥养老，政府重视，一流设施，精湛服务。老有所学，老有所乐，康复护理，安享晚年。平安金桥，世界典范。人防技防，措施有力，重点监控，训练有素。普法教育，深

入人心，社会志愿，党员先锋。

社会管理，精深精细，科学管理，长效常态。垃圾分类，物尽其用，一居一品，特色鲜明。

文明金桥，全国先进，文化团队，百花齐放，道德讲堂，弘扬正气。《今日金桥》，新闻消息，政策公示，百姓欢迎。《金桥之春》，笔墨丹青，雅俗共赏，陶冶情操。

文明城镇，生态之镇，民间艺术，荣誉满堂。魅力城镇，水清天蓝，风光旖旎，流连忘返。

宗教文化，历史悠久，爱国爱教，信徒众多。宋有莲花庵，元建法华院，明造社庄庙，清立陈王庙，现有鸿恩堂，还有张家楼，祈祷和平，祝福安康。

强镇富民，胸怀苍生，围绕目标，奔跑追梦。综合发展，市郊示范，明日金桥，任重道远。十万人民齐努力，再创金桥新辉煌。